「笑わないで、ね……」
「私の気持ち、受けとってください！」
宮村 花恋
Miyamura Karen
控えめで初心《うぶ》な清楚系女子。
でも、思い込みははげしくて
青春失格男とビタースイートキャット。

西條 理々
Saijou Riri
傍若無人な天才児。
エキセントリックな言動で
クラスで孤立してもなんのその

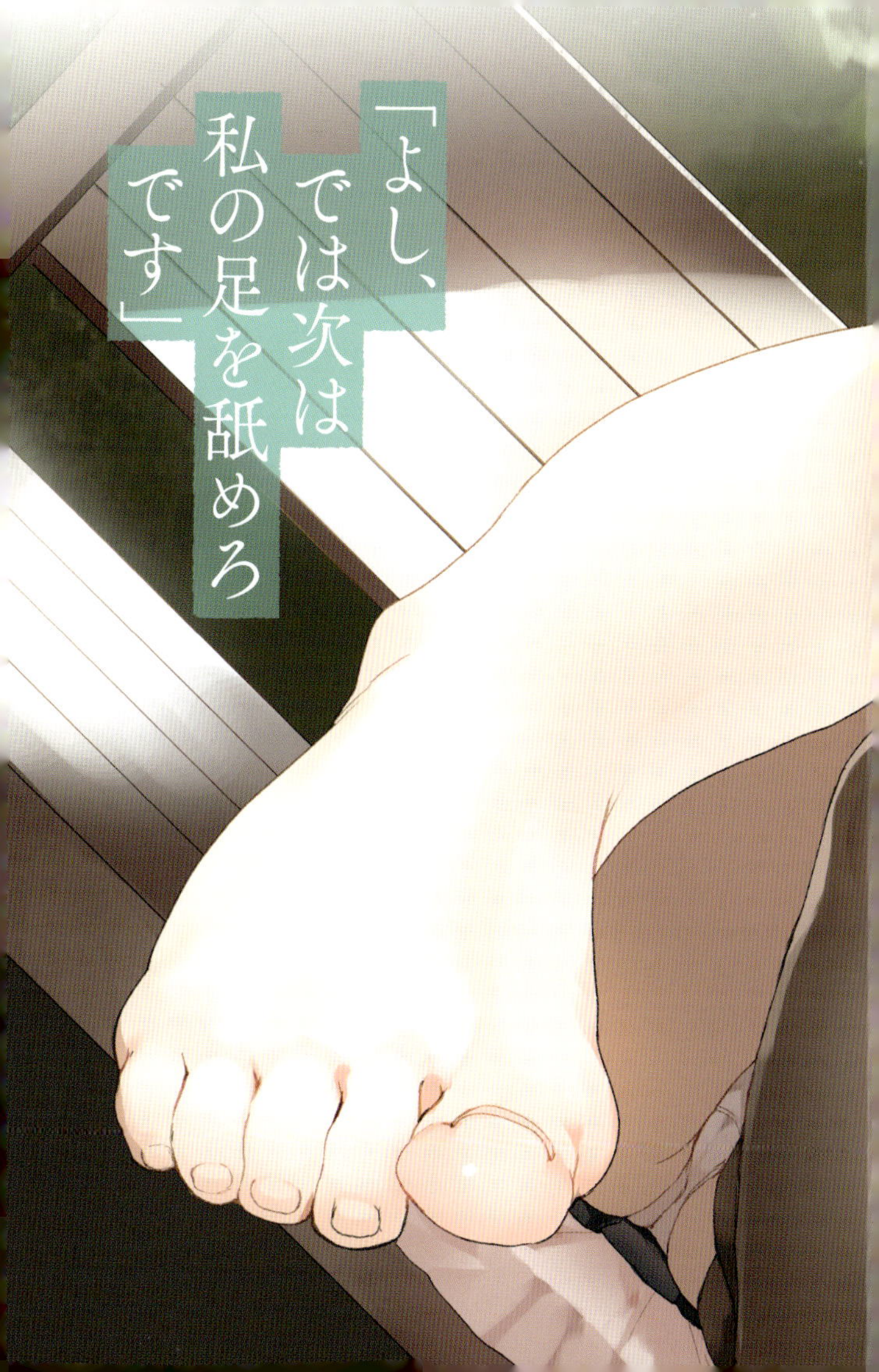
「よし、
では次は
私の足を舐めろ
です」

「じゃあ、今日はここですね」
「たっぷり、大人の味を教えてあげます」

青春失格男と、ビタースイートキャット。

長友一馬

ファンタジア文庫

2725

口絵・本文イラスト　いけや

contents

プロローグ

女の子はチョコレートとスパイス、それと素敵な何かでできている。

彼女を舐《な》めると、たしかにふんわりと甘《あま》い味がした。

「……んっ。いい、ですよ……。うまいじゃないですか……」

真新しい制服のまま、腰《こし》を小さく捩《ねじ》って嬌声《きようせい》をあげる。

そして満足そうに、ニヤリと不健全な笑みを浮《う》かべた。

(本当に、甘い？　……そんなわけ)

これだけ未知で、美しいものであれば、甘いのも納得できる気がした。

見れば見るほど艶容《えんよう》で、滑らかな肢体は、舌を這《は》わせる箇所によって、微妙に味が違う。であれば、彼女の身体《からだ》のどこかには、おれの大好きなチョコレートの味がする、そんな箇所もあるのだろう。

一方、おれの身体は、なんと無骨で凹凸《おうとつ》の多いことだろう。きっと、おいしくない。公園の隅《すみ》のジメジメした石の裏にいる虫を三日三晩煮詰《につ》めて、それをカエルの頭蓋骨《ずがいこつ》ですくって飲んだみたいな味がするだろうと思った。

「ちゃんと、指の間もきれいにしてくださいね」

言われた通り、従順にこなす。

親指から小指へと、舐め残しがないよう、丁寧《ていねい》に。

彼女は気持ちが良いのか、喉《のど》の奥からくぐもった声をあげた。

（なんか……幸せかも）

彼女によって、おれは圧倒《あっとう》的な底辺へと貶《おとし》められた。それは、何も考えず、何も期待されないということだ。

全身に絡《から》みついた『関係』という名の鎖《くさり》をすべて引きちぎり、面倒《めんどう》くさいしがらみすべてから解放される。いまは水のなかにいるように身体が軽い。

行為《こうい》が終わると、彼女はおれに言った。

私と契約《けいやく》しなさい。

偽《いつわ》りの楽園を正し、真の楽園を取《と》り戻《もど》すために。

私とあなた以外、すべての人間関係を破《は》壊《かい》する、と。

これは、ひとりきりの男女が出会い、逃《に》げ続け、逃げた先で、世界の美しさを知るまでの物語。

1

No
Adolescence Man
&
Bittersweet Cat

episode 1

入学式の朝。高校の裏門をくぐると、満開の桜坂だった。

だけど、そんなこととは関係なく、みな無口に坂を登る。見上げすらしない。

なんとなく立ち止まって桜を見ているのは、おれと、もうひとりだけ。

彼女は不安げで、落ち着かない様子だった。

「…………」

化粧《けしょう》っ気《け》のない、だけどパウダースノーみたいにきめ細かい肌《はだ》。

春風に吹《ふ》かれ優しくなびいているのは、少しウェーブがかかったくり色の髪《かみ》。お嬢様《じょうさま》結びをしていて、長さはセミロングぐらいだった。

「……うん」

彼女は小さく、でも力強く呟《つぶや》く。

そして次の瞬間《しゅんかん》、桜に手と足をかけ、よじ登り始めた。

「いま、助けるからね」

呟く彼女の視線の先。そこには、張り出した枝の上で、小さく震《ふる》える白い子猫《こねこ》がいた。さすがに、周囲の生徒も何ごとかと立ち止まる。だが彼女は下界の様子など微塵《みじん》も気にかけない。いつの間にか結構な高さまで達していた。

「もう少し……」

手近な枝を左手で摑《つか》みつつ、右手を子猫に伸《の》ばす。

その危険な様子に、観衆がわっと沸《わ》いた。

(ダメだ!)

思った通り、彼女が手をかけた枝は、根元から大きな音を立てて折れる。

観衆から悲鳴が上がるが、そのときにはおれは駆《か》け出していた。

彼女の下に入り込む。

そして両手を広げ、受け止めた。

「早っ。いつの間に……」

そんな声が、観衆から聞こえてきた。

「大丈夫《だいじょうぶ》?」

「え、あ……は、はい」

すぐ目の前にある女子生徒の顔。

気付けば、お姫様抱《ひめさまだ》っこをしていた。

「あっ、ご、ごめん！」

「こ、こちらこそ……」

すぐに目をそらすが、彼女の顔はすでに両目に焼き付いた。

特に印象的だったのが、ぱっちり二重の、くりっとした大きな瞳《ひとみ》。それを見ておれは、
小型犬、特にシーズーを思い浮かべた。

「あっ……！　そうだ！　子猫は⁉」

「大丈夫。さっき君が落ちたときに、一緒《いっしょ》に飛び降りてたよ」

子猫は地面に下りて、何事もなかったかのように欠伸《あくび》をしていた。

「……なんだ。……良かったよ、本当」

女子生徒は安堵《あんど》のため息を漏《も》らした。

「あ、あの。ところで、そろそろ降ろして欲しい、かも……」

顔を上げて周囲を見る。

注目の的だった。

「ご、ごめん！」

慌《あわ》てて、女子生徒を地面に降ろそうとする。

だけど右足が地面につくと、彼女は小さく顔を歪《ゆが》ませた。

「痛いの？」

「す、少し……」

どこか捻《ひね》ったのかもしれない。

おれは再び彼女を抱《かか》えなおした。

「え？　え？」

「痛むんだよね？」

「でも、こんな格好……」

「肌、きれいだね」

「えぇ⁉　きゅ、急に何を⁉」

「大事にしなきゃ。危ないことはしないで。おれに言ってくれれば、代わりにするから」

「…………」

「どうしたの？」

「い、いや……。あんまり、その、そういうこと、ストレートに言われたことなくて……」

意識しているわけではないけど……たまに突《つ》っ込《こ》まれることだった。別に、嘘《うそ》をついて

いるわけではない。本当にそうだと思ったから、言葉にするのだ。

後ろめたいところがなく、相手も嫌《いや》な気がしないのなら、デメリットはない。何より、人間関係も円滑《えんかつ》に進む。恥《は》ずかしいやつだと言われたこともあるけど、おれ自身、あまりそうは思わない。

「そう。じゃあ保健室に行こう」

彼女を抱えたまま群衆をかき分け、歩いていく。

「ちょ、ちょっと！」

「暴れたら危ないよ。おれにちゃんと掴まって」

「……うん」

女子生徒は、おれの肩《かた》に手を回す。

ちょっと気まずい……と思う。下を見ずに、ひたすら前だけを向いて歩いた。

「あの……」

長い沈黙《ちんもく》が続いたあと、彼女が口を開いた。

「名前、聞いてもいいですか？」

「野田《のだ》進《しん》」

「野田くん……。そう、野田くん、ね……」

彼女は噛《か》みしめるように、おれの名前を呼んだ。

「君は？」

「私は宮村花恋《みやむらかれん》……です。花恋は、花の恋って書いて、花恋」

花の恋……。ロマンチックだと思った。一体どんな種類の花だと解釈《かいしゃく》するのが、彼女にいちばん似合うのだろう。

「きれいな名前だね」

すると宮村さんは、おれの社交辞令ともとれる言葉に、無防備な笑顔で応えてくれた。

「私もそう思う」

それが、おれが見た彼女の最初の笑顔だった。


『やったね！　シンの未来は明るい！』

その翌日、授業初日の通学路。自転車を止めてスマホを開くと、姉からＬＩＮＥが来ていた。

『入学早々に彼女を作るなんて、お姉ちゃん嬉《うれ》しい！』

姉は同じ高校の三年生だ。吹奏楽《すいそうがく》部の部長で、今朝はおれが先に家を出てきた。

『同じクラスなんでしょ?』

『今度紹介《しょうかい》してね!』

『彼女じゃないって』

クエスチョンマークを浮《う》かべた、パンダのキャラクターのスタンプが返ってきた。

『ま、そのうちね』

まともに返すのも面倒だったので、適当な返事をしてスマホを閉じ、自転車を走らせる。

時間にはまだ余裕《よゆう》があるが、早めに行って本の続きを読みたかった。市立図書館で借りたもので、下巻の貸出開始日までに読み終えたい。

(……あれ?)

だが、そうはいかなかった。

用水路沿いの桜並木。赤いレンガで舗装《ほそう》された狭《せま》い道の向こうに、見知った顔を見つけたのだ。

彼女、宮村さんは壁《かべ》に寄りかかっていた。通学カバンを胸の前でぐっと抱きしめ、少しうつむき加減でいる。おれは少し彼女の近くで自転車を止めた。

「宮村さん?」

宮村さんは何も言わず、軽く会釈《えしゃく》をしておれの前に立ちはだかった。

「どうしたの？　宮村さんって、通学路こっちじゃないよね？」

「でも、野田くんがこっちだから。……ちょっと待ってね」

宮村さんは、抱きしめていたカバンを下ろす。そして、おもむろに胸元のブラウスのボタンに手をかけた。

「……え？　え？」

（そうか、乱れた服を直してるのか）

一瞬《いっしゅん》でも、まさかボタンを外しているのかと考えた自分が愚《おろ》かしい。こんな公共の場所で、昨日出会ったばかりの相手を待《ま》ち伏《ぶ》せして、いきなり服を脱《ぬ》ぎ始めるだなんて、まるで変態だ。

宮村さんは一般《いっぱん》的な女子生徒よりもずっと、胸は大きい。意識していなくても日がいってしまうくらい。ブラウスもパンパンに膨《ふく》れ上《あ》がり、よく見ると下着が透《す》けていたりもする。だから宮村さんのことを、無意識にそういう目で見てしまっていたのかもしれない。

……反省しないと。

「いや待って。本当に何してるの？」

間違《まちが》いなかった。

宮村さんは、ブラウスのボタンをすべて外していた。

顔を真っ赤にして目をそらし、だけどまだ腕《うで》でブラウスを押《お》さえているから、それ以上は見えなかった。

理解ができない。いま目の前で起こっていることは、これまで十五年間生きてきて、まったく経験にないことだった。

「笑わないで、ね……」

絞《しぼ》り出《だ》すような声。一体何を……という質問をする前に、宮村さんは外されたブラウスの胸元に手をかけ、それを勢いよく観音開きにした。

「私の気持ち、受けとってください！」

そこには、薄《うす》い桜色の下着に包まれた、大きく柔《やわ》らかなふくらみがあった。

「え、ええ⁉」

（色が薄くて、すべすべしてそう……）

驚《おどろ》きつつも、心のなかでは冷静にそんな感想が出てきた。

やはりと言うか、宮村さんの胸は、比《ひ》較《かく》対象がなくてもかなり大きい部類に入るだろうと分かる。触《ふ》れてもいないのに、ブラウスを開いた衝撃《しょうげき》で小刻みに揺《ゆ》れるのが見えた。

しかし、何よりも目をひいたのは……。

「それ、は……？」

彼女の胸に挟《はさ》まれていた、紙片だった。

「だ、だから、これを受けとって欲しくて……」

よく見ると、それは封筒《ふうとう》のようだった。

さらに見ると、どこまで意識しているのかは分からないが、下着と同じ薄いピンクで、桜の模様があしらわれている。そして封を閉じている中央のシールは、真っ赤なハート型をしていた。

人気のない通学路で待っていてくれた宮村さん。そこでハート型のシールのついた封筒を渡《わた》されれば……渡され方は多少特殊《とくしゅ》だとしても……ひとつしかないような気がした。

「……ありがとう。もらうね」

胸に挟まれたそれにそっと手を伸《の》ばす。

「んっ……」

抜《ぬ》き取るとき、宮村さんはくぐもった声をあげた。

「きょ、今日は暖かいから……。桜がきれいだよ」

何かフォローしようとして口にしたが、自分でも何を言っているか分からない。

だって、その……おれだって困惑《こんわく》していた。

宮村さんは急ぎブラウスのボタンを留める。そして服装を整え、自転車にまたがり、カバンをカゴに放り込むと、顔だけでおれを振《ふ》り返《かえ》った。

「あっ、えっと、きょ、きょうしっ……！　あの！」

だけど、言葉にはならない。

教室で待っているとでも言いたかったのだろう。しかし最後まで言い切ることはなく、宮村さんは立ち漕《こ》ぎで速度を出し、春風のように去っていった。

「なん、だったんだ……」

事態がうまく飲み込めず、ただ棒立ちで惚《ほう》ける。

手に残されたラブレターには、まだ宮村さんの体温が残っていた。


教室の席につく。

早めに家を出たつもりが、宮村さんの一件で遅《おそ》くなってしまい、もう間もなく始業時間だった。

宮村さんも当然教室にいて、高山《たかやま》さんたちと何か話していた。

ここからでは背中しか見えないので、何を話しているのか、どんな顔でいるのかは分からなかった。

「よう、王子。優等生のくせに、意外とギリギリだな」

カバンを床《ゆか》に下ろし、顔をあげる。クラスメイトの三好誠《みよしまこと》だった。

「だから、王子じゃないって」

「でもみんなお前のこと、陰《かげ》では王子って呼んでるぜ？　昨日のウイニングラン以来」

「だったら陰で呼んでてくれ。本人の前では言わずにね」

三好が言っているウイニングランとは、おれが宮村さんをお姫様抱《ひめさまだ》っこをして、保健室まで連れていったことだ。

「あれだけしたら目立つに決まってるだろ。諦《あきら》めろ」

三好の言う通り、昨日の一件以来、多くのクラスメイトが、真ん中の列の一番後ろの席にいるおれを、わざわざ振り返る。別に不快ではないけど、むず痒《がゆ》いような感覚はあるし、おれもどう対応したら良いのか分からない……。

そんななか、三好だけは正面切って「よう兄弟！　さっきのアレ、格好良かったな！」と声をかけてきた。

三好は大きな体軀《たいく》に短めの髪《かみ》、いかにもスポーツマンって感じの男子だ。威圧感《いあつかん》はあるけど、裏表がなさそうで、親しみやすくはある。

なのだけど、少し問題はあって……。

「それよりもシン、今日の自己紹介で、どっちが笑いとれるか勝負しようぜ！」

アホだ。少しばかり。

「どういう意図だよ……」

「最初が肝心《かんじん》だぜ？　舐《な》められたらお終《しま》いだろ」

まだ互《たが》いの名前も力関係も分からないクラスメイトは、巣穴から顔だけ出したプレーリードッグのように警戒《けいかい》している。そんな状態で笑いをとるなんて、無理だ。プレーリードッグの笑いのツボが分かるようなら、三好はいますぐ野生に還《かえ》って、動物たちと笑いの絶えない愉快《ゆかい》な家庭を築けばいいと思う。

「あ、もしくは俺《おれ》とお前で漫才《まんざい》やるってのはどうだ⁉」

「嫌《いや》だ」

「おう！　そうか！　嫌なら仕方ないな！」

キラッと、真っ白い歯が光りそうなほどの極上スマイルだ。こういう、竹を割ったみたいに爽《さわ》やかなのは、すごく好印象だけど。

三好との会話が一段落ついて、なんとなく教室を見回す。

すると、宮村さんと目が合った。

「ひぁっ！」

露骨《ろこつ》に目をそらされたけど。

「……恥《は》ずかしがり屋、なのか？」

「え、俺？」

「違《ちが》う」

恥ずかしがり屋でも、ラブレターはほとんど初対面の相手に送る。それも、あんな大胆《だいたん》な方法で。まだ、彼女のことはよく分からない。

「……よしっ！」

そんなことを考えていたら、宮村さんが急に立ち上がった。

「…………」

こっちを見ていた。

そして、近づいてくる。

おれはどうしたら良いのか分からず、目の前にやってくるまで、ただじっと見ていた。

「返事。いつでもいいから」

小さな小さな、妖精《ようせい》の羽ばたきのような、小さな声だった。

宮村さんはさりげなく、ウェーブがかった髪を払《はら》う。すると絡《から》んでいたらしい桜の香《かお》りが、ふんわりと香った。

「それじゃあ……」

それだけ言うと、自分の席に帰っていった。

「何だって？　お腹《なか》痛いって？」

「そんな感じ」

少しだけ、彼女のことが分かった気がする。

宮村さんは誰《だれ》よりも恥ずかしがり屋で、だけど誰よりも一生懸命《いっしょうけんめい》なひとだ。

そして、これはなんとなくなのだけど……花恋の花の字は、桜の花のことを表している。

そんな気がした。


その後、丸メガネにもさっとした真んなか分けの一安《いちやす》先生がやってきて、高校生活で初めてのホームルームが始まった。やはり、定番の自己紹介《しょうかい》からだった。

「じゃあ、窓側から順番に」

その言葉を合図に、最初の生徒が立ち上がった。

『シンってゲーセンとか行く⁉』

三好からＬＩＮＥが送られてくる。脈絡《みゃくらく》なんてものは、期待していない。

『たまに』

『シンって宮村さん好きなの⁉』

……脈絡はなくてもいいけど、会話は成立させたかった。

『分からないよ』

『自己紹介でなんか面白いこと言って！』

彼は会話をする気がないようだった。

自己紹介は進んでいく。みな、すっかりテンプレートと化した、名前、出身中学、中学時代の部活を紹介する。

そして、ひとりの女子が立ち上がった。

（小さいな）

それが、最初に思ったことだった。

中学校と間違《まちが》えて入学したのではないか。そう思えるほど、彼女の背中は頼《たよ》りなかった。

「西條理々《さいじょうりり》。一応、小塚《こづか》中学校出身です」

（一応って、何……？）

「部活はやったことねぇです。あとは……」

西條さん、なる女子は言葉を句切る。

そして教室をぐるっと見渡《みわた》した。

「ただの人間には興味がありません。宇宙人、未来人、異世界人、超能力者《ちょうのうりょくしゃ》、にも興味はありません。よろしくしねぇで一生放ってろです」

それだけ言って、着席したのだった。

時が凍《こお》ったようだった。

誰かが筆箱を落とし、耳障りな音が室内をぐるっと周回するまで、息をするのも忘れていた。

「つ、次のひと」

彼女の言葉をどう受け止めて良いのかおれたちには分からなかったし、一安先生もたしなめたり、面白い冗談《じょうだん》ですねとフォローしたりすることもなく、その言葉がどういう意味をもつのか決定させることを放棄《ほうき》した。さらに言えば、誰も真意を確かめなかったせいで、西條さんの言葉は宙ぶらりんのまま、教室の真んなかの蛍光灯《けいこうとう》にぶらさげられた。

(どんな顔、してるんだろ)

ただの興味本位で思う。……すると。

「…………」

向こうが見ていた。おれを。

西條さんはぐりんと首を一二〇度くらい回して、右斜《なな》め後ろにいるおれを見ていた。おれのほうではなく、おれを見ていた。

『なんかすごく見られてない？』

西條理々さん。ほどける絹のようにきめ細かい、流れるような髪を肩上《かた》で切りそろえ、ボブカットにしている。そして、不機嫌《ふきげん》そうな真っ黒い瞳《ひとみ》、瑞々《みずみず》しく光を反射する薄《うす》い唇《くちびる》は、端整《たんせい》な輪郭《りんかく》で囲まれている。そして真っ白な肌《はだ》は、和紙を何重にも折り重ねたようで、儚《はかな》く花なりとしていた。

「ええと、西條さん？　ちゃんと前向いて」

一安先生に注意され、渋々《しぶしぶ》おれから視線を引き剝《は》がす。

そうして今度は、ちゃんと前を向かず、頬杖《ほおづえ》をついて窓の外を眺《なが》め始めた。

『おっかねぇなぁ』

体格の割に気が弱いのだろうか、三好がぼやく。

だけどおれはむしろ、西條さんを羨《うらや》ましいと感じた。

周りのことなんか関係なく、自分の好きなように、自分の意志で生きているって感じがしたから。

（おれとは真逆の人種だな。関わらないのがいちばん……）

そう決めて、おれも西條さんにならい、窓の外の桜を眺めることにした。

あとで分かったのだけど、西條さんの変人っぷりは、中学では有名だったらしい。身体《からだ》が弱くてあまり登校してこなかったけど、成績は常にトップで、それどころか、海外の有名な自然科学誌に論文が載《の》ったこともあるとか。いわゆる、天才少女だ。そんなひとが、リアルに存在するなんて驚《おどろ》きだ。ますます、自分とは関係のないひとに思える。

一方で、おれの学校生活は平和に、退屈《たいくつ》に過ぎていった。

クラスでは三好や他の男子ともうまくやれている。そして、驚くことに宮村さんとも仲良く続いていて、ちゃんとあいさつは交わすし、化学の移動教室では、同じ班だったりもする。もちろん、みんなの前だから手紙の件には触《ふ》れない。だけど彼女はときおり、こちらに哀《かな》しい視線を向けてくるし、おれもなぜあんなことをしたのか、聞いてみたい気持ちになる。

きっと、西條さんみたいなひとにとっては、取るに足らない、しょうもない悩《なや》み。

だけどそれが、いまのおれのリアルで、大きな問題。

ともかく早く返事をしようと思うのだけど、おれには返事をためらう理由があった。

「なぁ、もしかして俺また最下位?」

「うん。三好くんも今日こそ完走できるといいね」

「うへぇ……」

ゲーセンのレーシングゲーム。三好と安丸《やすまる》と勝負をして、最下位がジュースを奢《おご》るという恒例《こうれい》のパターン。とはいっても、おれは一度も負けたことがない。だから実質、三好と安丸の勝負だ。

そして、ふたりがレースで盛り上がっている間は、おれの休息時間でもある。

(誰かといるのって、どうしてこんなに体力を使うんだろ……)

自分だけ、なのかもしれない。誰かといるのが嫌、というわけではないが、急激に疲《つか》れるのだ。

だから、この状態で宮村さんと付き合ったらどうなるのだろうと不安になる。友達関係に、恋人《こいびと》関係。おれはこれまでの二倍、疲れることになるのではないかと。だが反面、宮村さんと付き合ったら、きっと楽しいだろうとも思う。

恋人ってのは誰もが憧《あこが》れる存在だ。おれ自身もまだいたことがないけど、きっと良いものなのだろう。

もし、おれが心から宮村さんのことが好きだと言い切れれば踏《ふ》ん切《ぎ》りもつく。もちろん嫌《きら》いではなく、いいひとなのは分かっている。だけど、恋人としての好きに発展するかはまだ分からない。

（……このまま考えても、意味ないかも）

自分だけで分からないのなら、他人の力を頼るべきだ。

幸いおれには、相談に乗ってくれそうな友がいるのだから。

「ねぇ、ふたりとも」

安丸のマシンがゴールし、三好のマシンが民家の壁《かべ》に体当たりを繰《く》り返《かえ》している頃《ころ》、ふたりに切り出した。

「どうしたの、シンくん？」

マシンに乗ったまま、安丸が振《ふ》り返る。彼は安丸正平《しょうへい》。行動を一緒《いっしょ》にすることが多いクラスメイトだ。サラサラヘアーの爽《さわ》やか男子で、いつも人畜《じんちく》無害《がい》な笑顔を浮《う》かべている。

「まだ好きじゃないひとと付き合って、幸せになれると思う？」

「え、シンくん誰かに告白されたの？」

「ラブレター、もらった」

それも、至極特殊《とくしゅ》な渡《わた》され方で。

さすがにそれは、宮村さんの名誉《めいよ》のために、言えないけど。

「もしかして、宮村さんか!?」

バレバレだった。

「うん」

「うはっ！　恥《は》ずかしいなっ！　砂糖吐《は》きそうだぜ！」

「どうして三好が恥ずかしがるんだ。……まあそんなことはいいから、どう思う？」

「分からん！」

もっともな答えだった。

「でも！」

「でも？」

「ひとを好きになるために、付き合うのはいいことだ！　……と、俺《おれ》は思う」

力のこもった答えだった。

「だって、恋人になったらふたりで遊ぶだろ？　色んな話ができるだろ？　そうしたら、そのひとのこと、たくさん分かるじゃん！　恋人だから、分かること！　それを知ってお互《たが》いに好きになれたら、ふたりともハッピーじゃん！」

このときおれは、初めて三好を頼りになる男だと思った。

「すごい……三好くん、いいこと言うんだね」

「そうだろ!?　ま、彼女いたことないけどな！」

宮村さんと付き合って幸せになれるかなんて、確証はない。でもひとは、幸せになるために誰かと付き合うのだ。そのためには、三好の言う通り、まずは相手を知ることから始めるべきだ。

そしてその手段として、まずは付き合ってみる、というのも間違っていない気がした。

「ありがとう、三好。それ、すごく大事なことだと思う」

「おう！　だけど、宮村さんと付き合っても、俺たちとも遊んでくれよ！」

「もちろん。……あ、でも、宮村さんって嫉妬深《しっとぶか》そうだから、それはちょっと心配かも」

「僕《ぼく》はそういうタイプには見えないけどなぁ」

「ラブレター読んだらそんな感じがしたんだ。なんとなくだけど」

「ふーん。そうなんだ」

安丸はどこか腑《ふ》に落ちないという表情だった。

「そのときは任せろ！　俺が宮村さんに、土下座して頼《たの》んでやるから！　俺のシンを返してくれぇって！」

「三好くん、それ、男らしいのかなんなのか分からないよ」

「なんならいまから、土下座の練習しておくか⁉」

そうと決まれば、Xデーは早いほうがいい。桜が咲《さ》いているうちにしよう。

わいわいと盛り上がるふたりを見ながら、おれは決意を固めた。


それから一週間経《た》った放課後の夕暮れ、おれは宮村さんを公園に呼び出した。

公園と言っても、市の色んな施設《しせつ》が一箇所《いっかしょ》にあつまっている敷地《しきち》だ。ここにはおれがたまに立ち寄る市立図書館の他、ライブやコンサートが行われる市民文化ホール、広い芝生《しばふ》スペースや市の資料館、カフェテラスなど、様々な施設が入っている。

それらのなかでも宮村さんに指定した場所は、文化ホールの裏にある野鳥広場。ここはすぐ横にある池に飛び出すようにして造られた、円形の休憩《きゅうけい》スペースだ。池に飛来する野鳥を眺められるようになっている。

桜はもうすっかり散って、緑色になっていた。

「ごめんね、わざわざこんなところまで」

「う、ううん。むしろ、気を遣《つか》ってくれたんだよね？」

「え？」

「学校から、少し離《はな》れてるほうがひとに見られにくいから。……やっぱり、野田くんは優しいんだね」

風でさわさわとなびく前髪《まえがみ》をかき分け、宮村さんは優しく笑った。

だけど、そのかき分けた指は小さく震《ふる》えており、いくらおれでもそれは寒さのせいではないことぐらいは、分かった。

「この前、手紙ありがとうね」

「あ……うん」

宮村さんは笑顔をやめた。

「急に、驚いたよね」

「まあ、ね」

出会って二日目だったし、何よりあの渡し方だ。驚かないはずはない。

ここでおれは、ようやくずっと気になっていたことを尋《たず》ねる機会を得た。

「聞いてもいいかな？」

「うん」

「どうして、あんな渡し方を？」

宮村さんにとっても、当然予想できた質問であっただろう。だが彼女は顔を真っ赤にして、恥ずかしくてたまらないといったように、顔をそむけた。

「わ、忘れて……」

それは……どうやっても無理だった。

「……友達に、アドバイスされたの」

「もしかして、高山さんたち？」

宮村さんは小さく頷《うなず》く。高山さんは宮村さんと同じ中学で、いまも同じクラスだ。よく一緒に行動している。

「その、私ってどんくさくて、何も取《と》り柄《え》ないじゃない？　勉強も運動もできなくて、気も弱いし……。だから、そんな私が、野田くんに振り向いてもらうには、どうしたらいいだろうって」

宮村さんがなんの取り柄もないなんて思えない。誰《だれ》かが困っていると、性別もスクールカーストも関係なく、どうしたの？　と、声をかけられる強さをもっている。一般《いっぱん》的に見て、聖母みたいなひとだという印象がある。

「振り向いてもらおうと思った結果があれなの？」

「うん……。私、自分ではよく分からないけど、志穂《しほ》ちゃん……えっと、高山さんね。……から、その身体は反則級に男受けがいいって言われてるから……」

それは高山さんの意見に賛成だった。

「自分のもってる武器は、最大限に活《い》かして戦わなければダメだよって。だから……」

納得はできないけど、理屈《りくつ》は分かった。まさか高山さんも、直接胸をさらけ出して迫《せま》ることなんて想定外だったろうけど……。

宮村さん、良い言い方をすれば純粋《じゅんすい》。少しだけ後ろ向きな言い方だと、天然なのだろう。

「なるほど……分かったよ。じゃあ、もう一個聞いていい？」

「うん、どうぞ」

告白の仕方よりも、おれはこっちのほうが気になっていた。

「どうして、おれだったの？」

告白されたとき、宮村さんとはまだ出会って二日だ。いくらなんでも、尚早《しょうそう》な気がした。

「わ、笑わない？」

「もちろん」

「じゃあ……」

宮村さんは、深呼吸をした。

「運命、だと思ったの……」

「運命？」

「そう。周りの目なんか気にしないで、私を抱《だ》きかかえてくれたとき……。ああ、このひとはいま、本当に私のことだけ考えてくれてるんだなって。そう思ったら、あの瞬間《しゅんかん》、世界に私と野田くん、ふたりしかいない気がしたの。だから……一目惚《ひとめぼ》れ、なのかな。野田くんすごく格好良くて……王子様、って言ったら大げさ？　私は、運命だと思った」

運命。なんの前触《まえぶ》れもなく、通《とお》り魔《ま》のようにやってくるもの。刺《さ》されれば、なんの論理もなく、恋《こい》に落ちるもの。おれは情熱的でロマンチックだと思ったし、理屈も何もかもを破壊《はかい》して、自分をただ求めているのだとアピールする、魔法《まほう》の言葉だと思った。

「あ、ありがとう……。まさか、そこまで言われるなんて……」

「こちらこそ、ごめんなさい。あの、それで……」

どうやら、これはそろそろ自分の想《おも》いを伝える場面なのだと思った。

「うん。返事なんだけど……」

ビクッと、宮村さんの身体《からだ》が小さく跳《は》ねる。

不安そうに目をつぶり「はい」と小さく呟《つぶや》いた。

……そんな不安そうな顔をしないで欲しい。おれはきっと君の願った通りのことを言うし、これからは宮村さんを哀《かな》しませるやつはおれが許さない。ふたりは恋人《こいびと》になって、退《たい》屈《くつ》なほど満ち足りた毎日を送れるはずだ。

「宮村さん、おれは」

だけど、できなかったのだ。

突然《とつぜん》、おれの視界にそれが現れたから。
それは、わずかな隙間《すきま》からするりと身を滑《すべ》り込ませるようにして、いた。
「野田くん？」
宮村さんの背後の木陰《こかげ》に、半分身体を隠《かく》すようにしてこちらを見ている女子生徒。
なぜか、板チョコを囓《かじ》りながら。
口の周りを、黒く汚《よご》しながら。
そして、スマホを取り出し、何か操作し始める。
すぐに、おれのスマホが震えた。
「ちょっとごめん」
明らかにマナー違反《いはん》だと思ったけど、確信のような不安があった。
ポケットからスマホを取り出して、確認する。
そこには、未承認の『くろねこ』なる相手から届いたメッセージがあった。
『おいお前、勝手に青春、してんなよ（字余り）』
（……なぜ、俳句？）
顔をあげ、改めて女子生徒を見る。
花が美しく咲き誇《ほこ》ることも、月が優しく照らすことも、この世のすべてが気に食わない

のだと言わんばかりの、淀《よど》んだ瞳《ひとみ》をしてる少女。

『ゴー・トゥー・ヘル』

間違《まちが》いなく、同じクラスの西條さんだった。

「宮村さん、また今度、きちんとお話ししよう」

「え……え……？」

「おれはやっぱり、まだ宮村さんのことをちゃんと知らない。宮村さんにも、ちゃんとおれのこと知って欲しい。だから、これからも仲良くしてね」

ＯＫともＮＧともとれない返事。

宮村さんはおれの半端《はんぱ》な答えに戸惑《とまど》いを見せたが、すぐにいつもの笑顔を取り戻《もど》した。

「それは、私はまだチャンスがあるってことだよね？」

「チャンスっていうか……そうだね。うん、そうかも」

「良かった。じゃあ、私、諦《あきら》めないから」

宮村さんは去っていく。

その後ろ姿に、答えを濁《にご》されたことに対する失意は感じなかった。

「あ、最後にひとつだけ」

「え？　な、何？」

「野田くんは、えっちな女の子は好き？」

むせた。思わず。

「な、何を急に……」

「私の取り柄って、身体がえっちなことぐらいしかないから……。だからこれからも、野田くんさえ良ければ……」

「良ければ？」

「え、えっちなこと、するから」

それだけ言って、宮村さんは逃《に》げるように走っていった。

「そ、そんなこと言われても……」

させてね、とかではなく、するから、と言い切るあたりに強い意志を感じる。

やはり宮村さんは、気弱なんかじゃなく、芯《しん》のあるしっかりした女の子なのだと感じた。

……ちょっとだけ。いやかなり、変な子だとは思うけど。


宮村さんの姿が見えなくなると、西條さんは木の陰から出てきた。

こうして相対するのは初めてだけど、やはり小さいと思った。おれと三〇センチぐらい差がありそうだ。新品の、おそらくいちばん小さいであろうサイズの制服でも、袖《そで》からは指先ぐらいしか見えていなかった。

(怒《おこ》ってる……？　いや、これがいつもの表情なのか)

仏頂面さえしなければ、西條さんはすごくもてると思うのに。宮村さんが従順なシーズーなら、西條さんは絶対にひとに懐《なつ》かない、我が道を行く猫《ねこ》みたいだ。

「西條さん、どうしてここに？」

西條さんはウェットティッシュを取り出し、チョコレートで汚れた口の周りを拭《ぬぐ》った。

「えっちなこと、するから」

「…………」

棒読みなのに、ものすごく嫌《いや》そうに言っている感じが伝わってきた。

「……へっ」

しかも自分で言って、吐《は》き捨《す》てるように鼻で笑う。

(何しに来たのだろう……？)

「えっと、だから西條さん、どうしてここに？」

「あなたが今日、ここで宮村花恋にラブレターの返事をすると知っていたからです」

色々と、頭が痛かった。

なぜ知っていたのか。知っていたとして、西條さんとなんの関係があるのか。なぜ邪魔《じゃま》したのか？　ていうか、ラブレターの話をどこで？　……何から尋《たず》ねれば良いのだろうか。

「分からないんだけど……」

「はんっ。そのメガネは伊達《だて》ですか」

また笑われた。鼻で。

「メガネ関係ないよね？」

「メガネはインテリの象徴《しょうちょう》です。インテリなら私の言葉の意図が分かるはずです。つまり、言葉の意図を理解しないあなたはインテリではありません。よって、あなたのメガネは伊達です」

もう、意味が分からなかった。

「あなたがラブレターをもらったことを知っていたのは、あなたが教室で宮村花恋に話しかけられたのを聞いていたからです」

教室で話しかけられた？　……初日の「返事はいつでもいい」というやつだろうか？

「あのとき、私はあなたのすぐ近くにいました。あの時点ではラブレターをもらったという確信はなかったので、あとで確認しました」

（確認って、なんだ……？）

「そもそも、西條さんはあのとき近くにいたかな」

「いましたよ。ちょうど通りかかったんです」

「まあひとはたくさんいたから、特に西條さんを意識していないと気付かないか……」

もしくは、と思う。改めて、西條さんは本当に小さい。となれば……。

「小さすぎて視線に入らなかっ痛《い》っだぁぁぁ⁉」

「小さい言うんじゃねぇです！」

スネを叩《たた》かれた。足下に落ちていたよく分からない木の枝で。

「言っておきますが、これでも私は十六歳ですからね」

「えっ、もしかして留年し痛いって⁉」

また叩かれた。さっきより強めに。

「げっ、この枝、なんか緑色の変な汁《しる》ついてます。ばっちぃですね……」

「ちょ！　だ、だからってひとのズボンで拭《ふ》かないで！　ティッシュあるから！」

手のひら、手《て》の甲《こう》と、まんべんなく汁をなすりつけてくる西條さん。

おれがティッシュを差し出すまで、ずっとそうしていた。

「留年なんかしてねぇです。そうではなくて、誕生日が四月二日なんです。……この意味が分かりますか？」

「さ、さぁ……」

西條さんは、誇らしげに胸に手を当てて主張した。

「私が、学年でいちばんお姉さん、ということです！」

おれは西條さんの平原みたいな胸元を見ながら、宮村さんの九重連山みたいにそそり立つ胸を思い出していた。

「目線で何考えていやがるか分かるんですが。やりますか？」

「あ、そんな……」

申し訳なく、いや、なんだか哀しくなって目をそらした。

「あなたのせいで話がそれまくりです。元に戻しますからね」

西條さんは足を組み直し、静かに話し出した。

「なぜ、あなたが今日ここで宮村花恋に返事をすると知っていたか。それは、これです」

西條さんは、スカートのポケットから一冊の文庫本を取り出した。

「あ、それは！」

「そうです。あなたが教室で読んでいた小説、その下巻です。今日が貸出の開始日でしたね」

表紙を見せて、そして裏返す西條さん。

そこには市立図書館のバーコードが貼《は》ってあった。市立図書館は、この広場と同じ敷地《しきち》内にある。

「これからついでに借りようと思ってたやつだ」

「ついでに……？」

「え」

「逆じゃないですか？」

何を言っているか、分からなかった。

「あなたは本を借りるついでに、宮村花恋に告白しようとしたんですよね？」

答えにつまった。

「ここ、きれいな場所ですよね」

「う、うん。そうだね……」

「自然が豊かで咲《さ》いている花もきれい。雰囲気《ふんいき》は良い。さらに、うちの学校の生徒も、まず立ち寄らない。……だけど、何度も足を運ぶには、少し遠い。……そうですね？」

西條さんは、食べかけのチョコレートをおれに向けて、ニヤリと笑った。

まるでお前が犯人だろ白状しろと、追《お》い詰《つ》めている探偵《たんてい》みたいだった。

「あなたは他人に気が遣《つか》えないひとではありません。宮村花恋がずっと返事を心待ちにしていたと、知っていたはずです。でも、しなかった」

桜の咲いているうちに返事をしよう。たしかにそう思った。

だけど実際は、告白すると決めた日から一週間も何もしなかった。

「読みたかった本の貸出日が今日だった。でも何度も来るのは面倒《めんどう》だった。だから、宮村花恋への返事を、本の貸出日に合わせたんじゃないですか？」

確信めいた言い方で、質問ではなく言及《げんきゅう》。そう感じた。

「何が言いたいの？」

「あなたは、宮村花恋に興味がないんです」

そのとき、西條さんの後ろの池から鳥の群れが飛びたった。

白い身体《からだ》に黒の模様が美しい。バサバサと羽音を立てながら、北の空へと。

もう暖かい春の時期だが、広々と拓《ひら》けた空には、夜の帳《とばり》が迫《せま》っていた。

「ぼ、暴論だ……」

「それは、あなたが宮村花恋からもらったラブレターを見れば分かります。嘘《うそ》だと思うのなら確認してください」

近くに止めてあった自転車まで駆《か》け戻り、ラブレターをとってきた。

「開けてください」

ラブレターを裏返し、真ん中に貼ってあるハート形のシールを外す。開封《かいふう》して、桜模様の封筒《ふうとう》から、真っ白い手紙を取り出した。

「……え？」

そして真っ白い手紙は、裏も表も真っ白いままだった。

「本物はこっちです」

そう言って西條さんは、ブレザーの胸ポケットから一枚の紙を取り出し、開いて見せた。内容までは読めなかったけど、そこにはたしかにびっしりと何かが書《か》き綴《つづ》られていたし、いちばん下の段に『宮村花恋』の文字が見てとれた。

「すり替《か》えておきました。あなたがラブレターをもらった、当日に」

「はぁ!?　どうしてそんなこと!?」

「それは問題ではありません。問題は、なぜあなたが気付かなかったのか、ということです」

「なぜって……」

「私がすり替えたとき、一度も封を開けられた形跡《けいせき》がありませんでした。普通《ふつう》のひとはラブレターをもらうと嬉《うれ》しくて、何度も何度も開いて見ては、無意味にニヤニヤして楽しむものらしいですよ？　おぞましい」

西條さんは何も答えないおれをよそに、まくし立てるように話し出した。

「でも、あなたはそうしなかった。なぜか？　簡単です。宮村花恋のあなたへ対する思い。……そんなものに、あなたは興味がなかったからです」

「違《ちが》う！　おれは！」

つい、声が大きくなる。

「さっき、あなたは宮村花恋に興味がないと言いましたが、訂正《ていせい》します。あれは正しくありませんでした」

ラブレターを懐《ふところ》にしまい、にやりと笑う。勝利を確信した、名探偵のように。

「あなたは恋愛《れんあい》だとか友達だとか、つまり青春に興味がもてないんです」

「そんなこと……」

「あなたは、昔からずっとそうです。だけどそれでも、宮村花恋にＯＫしようとしたのは、希望があったからです」

すべてを見通したように、西條さんは語り続ける。

「実際、女子と付き合ってみたら楽しくなるかもしれない、何か変わるかもしれない、と。だから、あなたはＯＫしようと思った」

その通りだった。

「本気で楽しくなると思っていますか？　自分に嘘をつかず、きちんと考えろです。もっと、具体的に」

想像してみる。

満開の桜の木の下で、出会った宮村さん。お姫様抱《ひめさまだ》っこで彼女を受け止めて、ラブレターをもらって、それにOKしようとした。もし西條さんがこの場に現れなかったら、ふたりはいま頃《ごろ》、そこのカフェテリアで互《たが》いの話をし、初々しくも手を握《にぎ》りあっていたかもしれない。

「…………」

面倒くさいと、思った。

どう考えても、自室のベッドに寝《ね》ころんで西條さんのもっている小説の下巻を読みふけったほうが、有意義で意味があるように思えた。

「違わないんですね？」

（そうなのだろうか？）

「……嫌《いや》、じゃない。一緒《いっしょ》にいて」

「知っています。でも、嬉しくはない」

「…………」

言い返せなかった。

「……そう、なのか？」

「一度でも、宮村花恋に胸がときめいたこと、ありますか？」

振《ふ》り返《かえ》って考えてみた。

「……ない。まったくドキドキしないし、何も感じない」

驚《おどろ》きは、あった。まさに言葉を失うくらいの、衝撃《しょうげき》。いきなり胸元をはだけさせるなんて、控《ひか》えめに言ってもどうかしてると思うし、見ていて飽《あ》きない。だから、宮村さんのことは、鮮烈《せんれつ》に印象づいている。

それに、面白いひとだという興味もある。かわいい子だとも純粋《じゅんすい》に思う。

だけど……恋心《こいごころ》に発展しそうな種は、なかったように思う。実際、恥《は》ずかしいだの嬉《うれ》しいだの、そういった感情は、抱《いだ》けなかった。

「ラブレターの渡《わた》し方《かた》、ぶっ壊《こわ》れてましたよね。あれで彼女、精一杯《せいいっぱい》色気を見せたつもりですよ」

「分かってるよ。というか、そんなことまで知ってるんだ……」

恋愛感情がないにしても、お姫様抱っこをして、胸を見せられて、ラブレターをもらって……それでも少しも心がときめかないというのは、そもそも恋愛対象でないという結論になるような気がした。

「友人関係だってそうです。三好誠と安丸正平、……本当に大切に思ってるんですか？」

「そ、それは……もち、ろん……」

「でもあなたは、ふたりを騙《だま》そうとしましたよね？」

おれは、ラブレターを開けていなかった。

だけどふたりには、ラブレターから、嫉妬《しっと》深《ぶか》い印象を受けたと伝えた。

だから、一緒にいる時間が減るかもしれないと。

……一緒にいるのが、面倒くさいと思ったから。

「ゲーセンにもいたんだ、西條さん……」

「んなことはどーでもいいです。どうなんですか？」

「嫌《きら》い、じゃないんだ。でも、何が楽しいか分からないんだよ」

友達といると、トイレの回数も多くなる。都合の良い、それらしい理由をつけて翌日のゲーセンも断った。

上辺だけ取《と》り繕《つくろ》って、だけど本音では面倒だから、見えないところでズルをする。それがおれ、野田進という人間だ。

「あなたは私と違って、積極的に青春を嫌っているわけではありません。何も、感じないんですよね？」

「うん……」

「あなたは、青春不感症《ふかんしょう》なんです」

名前をつけられたことで、自分の異常さが理解できるような気がした。

（青春不感症……。おれは、そうなのか……？）

「だったら、教えてよ」

「は？」

力なく、ベンチに座り込む。西條さんのハンカチの敷《し》かれた、隣《となり》に。

「……どうすればいい？」

西條さんにあたっても仕方ないと分かっていながらも。

どうしようも、なかった。

「たしかに、かわいい女の子に告白されても、友達に誘《さそ》われて遊ぶのだって、面倒だって思ってた。でも、それが幸せなことだからって、当たり前だからって言われたら、何も言えないだろ？　……結局、周りに合わせるしかないんじゃないか？」

西條さんには「知らねぇです」のひと言で拒絶《きょぜつ》されることを覚悟《かくご》していただけど。

「楽しくない、くだらない、価値のない現実に自分を合わせる必要なんか、どこにもねぇです」

西條さんは、ゆっくりと言葉を紡《つむ》いでいく。

「嫌なら切り捨てればいいです」

それが西條さんの答えだった。

「あなたは、このまま周りに合わせていたら、いつか幸せだって思える日が来る。そう考えているのかもしれませんが……幻想《げんそう》です」

教室の西條さんを思い出す。

いつもひとり、黙《だま》って佇《たたず》んでいる。

話しかける者があれば、うるさい、知らない、興味がない。にべもなく、切り捨てる。

そしてまた自分の世界に戻《もど》り、たったひとりで生きてきたのだ。

おれはそれを、羨《うらや》ましいと感じた。

「西條さんは、強いね」

「当然です。私は自分の意志で、自分の好きに生きていますから」

「おれにはそれができない。……だから、こんな生き方をしてるんだ」

世界は灰色だ。

一瞬《いっしゅん》だけ輝《かがや》く虹色《にじいろ》でもない。

おれにとって、この世界に美しい景色なんて、どこにもない。

「本気でそう思いますか？」

「思う、けど」

「そうですか」

それから西條さんは、何も言わずにおれの隣に座った。

少し動かせば、手も重なる距離《きょり》。

なんのつもりなのかと、おれは意図を測りかねていた。

「何をしてるんですか。あなたはそっちです」

そう言って西條さんが指したのは、地面だった。

「な、なんで？」

「私が強いと、他者よりも優れているとあなたは認めましたね？　だったら、横に並んで座るなんてちゃんちゃらおかしいじゃないですか？　そこに、こっちを向いて正座です」

「え、何言って……」

西條さんの顔を見た。

相変わらず、小さくて端整《たんせい》な顔つき。

だけど表情は真剣《しんけん》で、本気なのだと悟《さと》った。

「さ、西條さん……」

「早くしろです。私が羨ましいんでしょ？」

「そうだけど……」

「だったら、同じ場所まで連れていってあげますから」

その言葉は、とても魅力《みりょく》的だった。

だけど、広場の横の通路には、まばらではあるが人通りがある。可能性は低いにしても、同じ学校の生徒や、知り合いが通りかかるかもしれない。

「早く」

だけど、おれは西條さんの言葉に従っていた。

コンクリの剝《は》げかかったボロボロの地面に、躊躇《ちゅうちょ》なく座った。

「よし、では次は私の足を舐《な》めろです」

「はぁ!?」

思わず声が出た。

「なんで足なんか！」

「それが、大人の味だからです」

意味は分からなかったが、冗談《じょうだん》を言っているようには見えなかった。

「いま靴《くつ》を脱《ぬ》ぎます。動くなですよ」

「靴？」

「舐めると言ったら足の指に決まってるです」

西條さんは戸《と》惑《まど》うおれをよそに、ベンチに右の片ひざを立てた。

靴を脱ぎ、黒いタイツに手をかけ、脱いでいく。少しずつ露《あら》わになる足首は、心配になるほど細く、白く、美しい。少し腰《こし》を浮《う》かせて黒タイツをひっぱるたび、短いスカートから太ももが艶《なま》めかしく覗《のぞ》いた。

やがてタイツが右足の先から抜《ぬ》けると、そこにはわずかに衣服の繊維《せんい》と砂粒《すなつぶ》の付着した、五本の指があった。指は窮屈《きゅうくつ》な衣から空の下に解放され、親指から順番に空気を掻《か》くように、折れ曲がった。

「どうぞ」

西條さんは、おれの顔の前に足をずいっと差し出した。

それ以上は何も言わなかった。

「…………」

震《ふる》える手で、西條さんの足を掴《つか》む。

まるで、瑞々《みずみず》しいトマトを優しく摘《つ》みとるように。手のひら全体で、決して傷つけないように細心の注意を払《はら》い、丁寧《ていねい》に包み込んだ。

「早くしろです」

グイッと、足を押し出してきた。

「なんか、怖《こわ》い……」

「ずいぶんと女々しいことを言いますね」

「そう、かな……？」

「そうですよ。それに、怖いとは違《ちが》うと思いますよ」

「違う？」

「あなたはいま、興奮しているんです」

（まさか。そんなわけ……）

おれの手はしっとりと汗《あせ》ばみ、西條さんの足を汚《よご》している。

汗の感触《かんしょく》の気持ち悪さと、正座したひざに食い込む小石の痛みと、異様な者を見るような通行人の視線。

そして西條さんの、ニヤリとした、おれを見下す卑《いや》しい笑み。

……悪くなかった。

（嘘《うそ》だろ……）

いちばん底にいるという、足下のどっしりとした安定感。暗くて冷たい、安心感。そして、絶対にイケナイことをしている、恐怖《きょうふ》。……高揚《こうよう》！　降り注ぐ通行人の視線が、生存本能から全身の感覚が敏感《びんかん》になった肌《はだ》を貫《つらぬ》く。むき出しの性感帯を針で刺《さ》されたような、激痛。だが不思議と、それが気持ちいいのだ。

（もっと……！　もっと見られたい……！）

おれは自然と、そう思っていた。

「そうです。良い調子ですよ」

まずは、嗅《か》いでみた。

西條さんの匂《にお》いがした。ローファーとタイツで熟成された、汗の香《かお》りが。

嫌《いや》……じゃない、どころか、止まらなかった。

そして……。

気付けばおれは、足の甲《こう》を舐めていた。

上、右、下と、つつくように舐める。

慣れてくると、下から上へと這《は》うように。

そのたびに西條さんは少し腰をよじらせる。もどかしそうに太ももが動き、下着がのぞいた。淡《あわ》いブルーの、花柄模様《はながら》だった。

興奮した。クラスメイトなのに、いや、クラスメイト、知っているひとの下着だからこそ、元より見せられるために用意されたネットの画像などとは、別次元にあるのだと知る。咎《とが》められるかもという恐怖、臨場感、圧倒的《あっとう》な質感、羞恥心《しゅうちしん》……。心臓の鼓動《こどう》は速く、息苦しく、あまりの目眩《めまい》に意識が飛びそうにすらなる。

（おかしい……こんなの、変態みたいなのに……）

おれは今日という日を一生忘れない。

同級生の下着の色が、質感が、シワのかたちが、死ぬ瞬間《しゅんかん》まで克明《こくめい》に残り続けるだろう。

「うまい……じゃないですか。でも、滑稽《こっけい》ですね。なんだか、イヌやネコにさせているような気分です。ふふふっ」

不思議なのだけど、おれは西條さんに褒《ほ》められて嬉《うれ》しいと感じた。

照れくさいような、恥《は》ずかしいような、でも嫌ではない気持ち。

もっと悦《よろこ》ばせたい。そして、そんなおれを色んなひとに見て欲しい！

（通行人、結構いるな……）

横目で道路のほうを見ると、まばらだが人通りがあった。

顔をしかめて、訝《いぶか》しそうにこちらを見てくるひと。明らかに嫌悪《けんお》の視線を向けるひと。

見えているのに、見ないふりをするひと。

　そう、それが正しい反応だ。異常なのは、おれたち。自分が惨《みじ》めで気持ちが悪いと思うほど……興奮した。

　おれは勢いづき、指の間に舌を入れ込んだ。

「んぁっ……」

　親指と人差し指の間、人差し指と中指の間、中指と薬指の間……と、舌を行き来させる。一度小指まで舐めると、また折り返して親指へと戻る。それを何度か繰《く》り返《かえ》すと、今度は指を口で咥《くわ》えていった。

「っ！　ちょ、歯が痛いです！　へたくそですね！」

「ご、ごめ……」

　再び、舐める作業に戻る。

　言われた通り、今度は歯が当たらないように気をつける。

　口をすぼめて、ゆっくりと前後に動かす。

　すると西條さんは気持ちがいいのか、小さく声を漏《も》らすようになった。

「……んっ。いい、ですよ……。うまいじゃないですか……」

　褒められたのが嬉しくて、おれはいっそう励《はげ》んだ。

「ちゃんと、指の間もきれいにしてくださいね」

言われた通り、もう一度そこに戻《もど》り、舐め残しがないようにしっかりと奉仕《ほうし》した。

指が終わると、今度は足の甲へ。

甲が終わると、今度は足の裏へ。

それも終わると、おれは再び足の指の間へと戻った。

いつまで経《た》っても、西條さんはやめろとは言わなかった。

通行人からは間違《まちが》いなく、変態だと思われている。

怖い。そういう気持ちも多分にあった。だけどその恐怖心が、谷の底からせり上がってくる溶岩《ようがん》のような熱い情熱に変わり、いっそうおれを行為《こうい》に駆《か》り立《た》てる。

次におれは目を閉じ、余計な音を聞くことをやめた。

いまおれは全身で、西條さんを舐めている。

聞こえるのは、水音と、西條さんの命令だけ。

浮かぶのは、西條さんの恍惚《こうこつ》とした笑顔だけ。

口のなかでは西條さんの汗と自分の唾液《だえき》が混ざり合い、味わったことのないフレーバーが生まれていた。両手では西條さんの足を抱《かか》えるようにして、時には頰《ほお》をすり寄せ、慈《いつく》しむ。いま、おれの五感はすべて西條さんに捧《ささ》げられていた。この瞬間、隕石《いんせき》が落ちて世界が終わるとしても、おれは構わず西條さんの足を舐め続けている。

「西條さん」

「なんですか?」

「ありがとう」

おれはこのとき、初めて満たされ、肯定《こうてい》された。

これまで追いかけてきた空虚《くうきょ》な青春なんかよりも、ずっとおれの心を揺《ゆ》さぶってくれる。

心の底から嬉しいと、恥ずかしいと、楽しいと感じた。

「やっと見つけた……」

普通《ふつう》ではない、危うい感覚。堕《お》ちていると明確に意識して、堕ちていく。

西條さんの足の裏から、じわっとあふれ出してくる体温を受け止めながら——。

おれは初めて、ひとの温《ぬく》もりというものを感じた気がした。

「西條さんの身体《からだ》……甘《あま》い、でもちょっと苦い味がしたんだ」

行為が終わり、あたりが薄闇《うすやみ》に包まれた頃《ころ》。菓子《かし》パンをくわえながらタイツを穿《は》いている西條さんに告げた。

「頭おかしいんですか?」

西條さんは頭がおかしいひとを見るような目をした。

「そうやって、いつもお菓子食べてるから」

「お菓子じゃねぇです。じゃりパンです。ホイップクリームとグラニュー糖がサンドされた、じゃりじゃりと甘いパンです。……まさか、知らないんですか？」

西條さんは、ウッソだろおい……という顔をした。

「知ってるけど……」

相当、じゃりパンが好きらしい。それは分かった。

（だけど本当に、西條さんを舐《な》めると不思議な気持ちになるな……）

それは、これまでに味わったことのない感情だった。

気持ちがいいとか、嬉しいとか、そんなんじゃない。

知り合いに見られでもしたら、これまで積み重ねたものがすべて終わる、という恐怖。

そして同じ歳《とし》の女の子にへつらい傅《かしず》いていることに対する、恥辱《ちじょく》。それらがいちばん近い。

だけどその痛みはすべて舌先に集約され、西條さんをひと舐めすると、全身に電気が走り、身体はそれを快楽だと認識するのだ。

「西條さんを舐めているとき、おれのなかですべてがしっくり来た気がしたんだ」

「私も、これが世界の正しいあり方だと感じています。私に頭《こうべ》を垂れ、傅く。こんな当たり前のことですが、実際に実践《じっせん》したのはあなたが初めてです」

それはそうだろう、とは言わなかった。

「あなたは正しいんです。だから私は、あなた以外何もいりません」

「え？　それって、どういう……」

西條はさらに一歩、おれに詰《つ》め寄《よ》った。

そしてネクタイを摑《つか》み、目と目を合わせ、言った。

「楽園追放計画」

「え？」

「いま、私が決めました。私とあなたが、私とあなた以外を追放するんです。すべての人間関係を清算し、世界でふたりきりになるんです」

西條さんの発案は突拍子《とっぴょうし》もなかったけど、とても素晴らしいものに感じた。

おれを満たしてくれるのは西條さんしかいないし、西條さんもまた、おれ以外の人間を求めていない。だったら、ふたりだけでいい。他の人間には嫌《きら》われて、関係を絶つ。シンプルで、ふたつとないクレバーな答えだと思った。

「分かった。おれもその楽園に連れていって欲しい」

「後悔《こうかい》しませんか？」

「うん。理解できないものに合わせる必要はない。理解してくれるひとがいるって、分かったから」

「では、スマホを出してください」

「スマホ？」

「あなた、ツイッターをやっていますね？」

「やってるけど……」

というか、生徒のほとんどはやっている。いまやＬＩＮＥとツイッターは、コミュニケーションの道具としてなくてはならないものだ。

「いま私の目の前で、切っていいと思うフォロワーをブロックしてください」

「え、ええ!?」

「当然です。私とあなた以外、いらないんですよね？　だったら、簡単なはずです」

「……わ、分かった」

西條さんに言われるまま、おれはツイッターを開いてマイページを確認した。

『オコじょ　フォロー：１４５　フォロワー：１５５』

ここ最近で友人が増え、フォロー、フォロワー数が増えていた。

ちなみに、アカウントには鍵《かぎ》をかけているので、おれが承認しない限り、フォロワーが増えることはない。

西條さんの言う通り、楽園追放計画に本気なら、いますぐこれをゼロにしなくてはならない。だけど……。

「……はい」

切れる相手をブロックして、西條さんに画面を見せた。

『オコじょ　フォロー：99　フォロワー：99』

「……多くないですか？」

「中学時代の友人は、大量に切ったよ。仲良かったけど、もう一緒《いっしょ》に何かすることはないだろうなって。他、ニュースアカウントとかも結構あったから、それも。だけど高校の友人と身内、それから中学時代からの友人で、まだ関わりをもちそうなひとは……」

冷たい、冷たい視線がおれを刺《さ》す。

自分から計画に賛同しておいて、この体たらくだ。

「まあ、いいでしょう。いまの時点では」

それは意外な反応だった。西條さんなら、やる気がないのなら話はナシだと言い出すかと思っていたのに。

「そしてその数字にさらにプラス1ですね」

西條さんが自分のスマホを操作する。するとおれのツイッターに通知が入り、承認すると、フォロワー数が100になった。

フォローしてきたアカウントは、真っ黒い猫《ねこ》のアイコン。西條さんだ。おれはすぐにフォローを返した。


『オコじょ　フォロー：100　フォロワー：100』

『くろねこ　フォロー：3　フォロワー：3』


これが、いまのおれたちの『楽園追放計画』その進行度を示しているのだと分かった。

「これを互《たが》いに一年以内で『1』にします。どうです？　分かりやすくて良いでしょう？」

「そう、だね」

「ただし、ラスボスはいますけどね」

「ラスボス？」

「はぁ、もう忘れたんですか？　本当に幸せな脳みそですね」

西條さんは、自分の胸ポケットを叩《たた》いてみせた。

「宮村花恋」

「……あっ」

正直に言うと、抜《ぬ》け落ちていた。

幸せな頭だと言われたら、否定できなかった。

「え、えっちなこと、するから」

「それはもういいから……」

だけど真面目にどうすればいいだろうか？　かなり深刻な問題に思えた。

「ま、あんな胸以外取《と》り柄《え》のない女に、私が負けるわけはないですけど」

「それって……」

つまり、宮村さんと西條さんでおれを取り合う、ということだろうか？　……いや、自《うぬ》惚《ぼ》れまいとは思う。だけど、西條さんの言っていることは、そういうことではないのか？

「私のほうが、あんな女よりもっとえっちです。……知ってますよね？」

「そ、そうかもね……」

言い切れなかったのは、宮村さんも大概《たいがい》だったからだ。

なんの予告もなく、いきなり胸を見せてきた宮村さん。

なんの説明もなく、いきなり足を舐めさせてきた西條さん。

……どっちもどっちかなぁ。

「というわけで、宮村花恋はアウト・オブ・眼中ですが、楽園計画のほうはサクサクっと進めていきたいです。せいぜい、私の足をひっぱらないでくださいね。……シン」

「ああ。よろしくね。……西條」

宮村さんのことは気がかりだけど……おれが生きてきた十五年間。それが、今日から変わるはずだ。

新しい感情を覚え、新しいパートナーを手に入れ、新しい世界へと旅立つ。

空と海の混じる水平線へと、その美しい楽園へと、おれは羽ばたくのだ。

2

No
Adolescence Man
&
Bittersweet Cat

episode 2

西條《さいじょう》と一緒にやってきた、休日のショッピングセンター内の喫茶《きっさ》スペースで、おれたちは互いの行く末を憂《うれ》いて真剣《しんけん》な議論を交わしていた。

「はぁ？　まだ一度しただけ？　だから、私とはなんでもないって言いたいんですか？」

「違《ちが》うって。でも、あのときは雰囲気《ふんいき》に流されたって言うか」

「では、ちゃんと責任をとってください。宮村花恋《みやむらかれん》とは、これっきり切れてくださいね」

「そこまでする必要があるのかな？」

「……私との関係がうまくいかなかったら、乗《の》り換《か》えるつもりですね」

「だから違うって」

「じゃあ、どうしたいんです？」

「それは……」

「それは？」

「宮村さんとは関係を切りたくない。西條とはこうして隠《かく》れて会えばいい」

「……シン」

「何？」

「あなたがいま、他人からどう見られているか、客観的に考えることをお勧《すす》めします」

周囲を見渡《みわた》す。みな、おれを見ていた。

買い物帰りらしき主婦の団体、若い派手目の女性二人組、学生服のカップル、老眼鏡で新聞を読んでいるおじいさん、トレイをもった店員さんエトセトラ。みな、おれと目が合ってもそらそうとはせず、気まずそうにもせず、しっかりとした強い意志の感じる瞳《ひとみ》で、具体的には「滅《ほろ》びろクズ男」とか「最低……」とか「そんなかわいい子お前にはもったいないから俺に寄越《よこ》せ」とかメッセージを送ってくる。アウェイ、というよりは単に地獄《じごく》だった。

（……色々と誤解なんだけど）

おかしい。今朝のテレビの星座占《うらな》いでは、いて座が一位だったはずなのに。ラッキーアイテムの『ターバンを巻いたインド人のキーホルダー』を調達しなかったのが祟《たた》ったのだろうか。

「ともかく、契約《けいやく》のｐｒｐｒ《ぺろぺろ》、しましたよね」

「ｐｒｐｒ？」

「説明しないと分かりませんか？」

「……分かる」

それはおれが西條にした、情熱的な行為《こうい》のことだ。

「別に無理強いした覚えはありません。あなたも楽園追放計画に賛同したのでしょう？」

「まあ……」

「今日、宮村花恋にデートに誘《さそ》われたのは好都合です。きっちり清算しておきましょう」

おれは恋人《こいびと》や友達に、興味をもてない。そのことを西條に気付かされた。

だからおれと西條は、おれと西條以外の人間を追放し、楽園を作り上げようと誓《ちか》った。

それが、楽園追放計画だ。

……なのだけど。

「でも宮村さんを切……追放するのは、そう簡単なことじゃ……」

「だから、なんです？」

「みんないいひとなんだ。世の中のひとがそうであるように、青春して、たくさんのひとに囲まれて、笑って、恋人ができたら祝福してもらって、それが幸せだと思っている。そして、おれにも幸せになって欲しいって、心から願ってる」

「差《さ》し伸《の》べられる利己的な善意は、鬱陶《うっとう》しいものです。悪意と変わんねぇです」

（……そうだね西條。君は悪意も善意も縄《なわ》でふんじばって、その辺の用水路に蹴《け》り落としてしまえる、そんな強さをもっているひとだ）

「でも善意は、追放することでのデメリットがある」

「なんですか？」

「心が、痛む」

西條は小さくため息をついた。そして飴色《あめいろ》に輝《かがや》くアッサムの海に、角砂糖を沈《しず》める。ぽちょん、ぽちょんと、池に石を投げ入れるみたいに、いくつも、いくつも。最後はスプーンの底をコップの縁《ふち》に押《お》しつけるようにしてゴリゴリとかき混ぜ、口に運んだ。

「これ、うちにある紅茶よりマズイです」

「そうなんだ」

「偽善者《ぎぜんしゃ》」

「え？」

「偽善者野郎《やろう》、です」

「…………」

西條はまた、ティーカップを優雅《ゆうが》に口元に運ぶ。その様子はまるで映画のワンシーンのように完成されている。白のシャツワンピに黄緑のカーディガン、そして麦わらの中折れハットという清涼感《せいりょうかん》あふれる服装に、よく似合っている。

「あなたはひとを追放するのが苦しいと言います。ですが追放しない限り、世間の善意に一生苦しみ続けるのですよ。あなたにとって、他人が理想とする幸せは、毒です」

「分かってる」

「ふん。歯医者が怖《こわ》いからと、虫歯を我慢《がまん》し続けるガキですね」

何も言い返せなかった。その通りだったから。

と、そのときスマホが震《ふる》えた。

姉からのＬＩＮＥだった。

『お姉ちゃんに内緒《ないしょ》でお出かけなんて、もしかしてデート⁉』

他人を追放したくない。それが身内であれば、なおさらだった。

「特に、姉はダメなんだ」

「あなた、姉がいたんですか？」

「うん。西條は？」

「一人っ子です」

「そうなんだ」

「で、姉がなんですって？」

「姉は、追放できない」

「シスコン」

これまた言い返せなかった。

「あのひとは、おれのことを誰《だれ》よりも考えてくれて、誰よりも大切にしてくれているんだ。両親がかなり放任主義なこともあって、すごく世話を焼いてもらってる。……だから、哀《かな》しむ顔は見たくない」

「じゃあ、どうするんですか?」

「どう、と言われても……」

呆《あき》れたようなジト目で見られる。居心地が悪い思いをしながらも、甘《あま》んじてその視線を受け止める以外に選択肢《せんたくし》はなかった。

「では、方法はひとつですね」

西條はティーカップをもち、手元のデザートのメニュー表に目を落としながら、注文を決めるみたいに、本当になんでもないように言った。

「私たち、恋人になりましょうか」

「は、はぁ!?」

うわずった、すっとんきょうな声が出た。

「そうすれば万事解決です。宮村花恋は自然と離《はな》れていく。姉はあなたを祝福する。ふたりきりでいても誰も何も怪《あや》しまない。表面上は世間の思う幸せを演じながら、私たちは私たちの不健全な幸せを手に入れる。どうですか？」

なるほど、それはとても良い提案に思えた。効率的で、みんなが幸せになる最良の方法かもしれない。

「ついでに、ふたりで放送部に入ればもう完璧《かんぺき》ですね」

「放送部？」

「いま放送部は、昨年の三年生が卒業して休部状態なんです。つまりいま、私たちが入部すれば、たったふたりの部活になります。より、ふたりでいても不自然でない状況《じょうきょう》になります」

「色々、調べてるんだね」

「当たり前です。むしろあなたは計画を担う者としての自覚がねぇんですよ」

西條は計画を本気で完遂《かんすい》したくて、色々考えて、提案してくれる。比べておれは煮《に》え切らず、何も考えず、むしろ足をひっぱっている。そのことを申し訳なく思った。

だけど、おれはまたさらに、西條の足をひっぱらなくてはならなかった。

「でもごめん。やっぱり西條とは付き合えない」

「どうしてです？」

話しづらかったけど、ふたりの関係に隠しごとはなしだ。

「それはつまり、姉を騙《だま》すってことだよね？　あまり不誠実なことはしたくないんだ」

西條の両目が、ジトッと湿《しめ》り気《け》を帯びた。

「分かってます？　これから私たちが暮らすのは、ジメジメとした植木鉢《うえきばち》の裏ですよ？

暗くて湿った場所にいるナメクジが、ドヤ顔で誠実さについて語るとか、大草原不可避《ふかひ》」

「だ、大草原？」

最後のはよく分からなかったけど、要点は分かった。

西條は、ナンセンスだと言っている。

「そうかもしれない……。でも……」

西條は小さくため息をつく。

それは諦《あきら》めというよりも、不思議と折れてくれた合図に思えた。

「ごめん」

ふと思う。もしおれが西條のことを心から愛していたなら、どうしたのだろうと。

姉に迷惑《めいわく》をかけてでも、西條と付き合いたいと思ったなら、姉に事情を話して理解を求めたかもしれない。だけど少なくとも、いまの後ろめたい関係では、姉に打ちあけることはできない。

結局おれは、姉を追放することもできず、かと言ってやっと見つけた西條との幸せを諦めることもできず、非常に中途半端《ちゅうとはんぱ》な宙ぶらりん状態なのだ。

「埒《らち》があかねぇです。あなたは少しばかり、くだらない凡人《ぼんじん》共の世界に長く浸《ひた》りすぎです。その常識は、こっちの世界の常識とは違《ちが》うんですから」

「分かる、けど……」

「そもそも、姉とか家族とか、てめぇの事情なんか知ったことじゃねぇんですよ」

それはその通りだと思うのだけど、おれはその無機質な言い方に、少しムッとした。

「西條には分からないよ。だって、西條には」

西條には、本当に哀しませたくないひとは、いないでしょ？

その言葉が喉《のど》まで出かかって、押しとどめた。

「……まあ、いいです。つまりそれは、計画は中止するということですか？」

おれの言いかけた言葉は察したはずだが、なんでもないように答える西條。内心では怒《おこ》っているのか、哀しんでいるのか、本当になんとも思っていないのかは、分からない。それを表情だけで察するには、おれと西條の付き合いは浅すぎた。

「計画はやめない。だけど、少し時間が欲しい。いまはまだ、姉は追放できないし、哀しませることもできないから、この計画のことも言えない」

「そうですか。ですがやるというのであれば、アレも嫌《いや》コレも嫌では、話が進まねぇですよ」

「……そうだね」

「どうするですか？」

西條の言う通りだ。本気で楽園に至りたいのであれば、苦しくても前に進まなければならない。

「宮村さんを、追放するよ」

「具体的には？」

「具体的……？　ええと、お付き合いをきっぱりと断る」

「無理ですね」

（……西條は、おれにどうして欲しいのだろう？）

「あなたに宮村花恋をふる度胸はねぇです。こっちから切れないのなら、向こうに切ってもらいましょう」

「どういうこと？」

「宮村花恋に嫌《きら》われるです。そのために、私が指示を出します」

つまり、おれは何も考えなくていい。機械的に、西條に従えばいいということだった。

「そうだね。そっちのほうがいいかも」

西條の言う通り、おれは自分から拒絶《きょぜつ》の言葉を言い出せないだろうから。

何より、ここで一度断っても、宮村さんがすんなり引き下がるとは思えない。間違《まちが》いなく関係は続いていくだろう。それではなんの意味もない。

「では、決まりです」

西條はティーカップを口に運んだ。

カップをソーサーに戻《もど》すとき、ガチャンと少し大きな音がなる。それがおれには、裁判長が鉄槌《てっつい》を下す動作に思えて、後戻りはできないような気がした。

「西條は、強いね」

それが第一印象だし、いまも変わっていない。

だけど……。

だけど西條には本当に、誰かを傷つけることに対する躊躇《ためら》いはないのだろうか？　そして、哀しませたくないひとは、いないのだろうか？

「の、野田《のだ》くん！　お待たせしました！」

おれが大慌《おおあわ》てで喫茶店《きっさてん》を飛び出し、待ち合わせ場所である屋内の噴水《ふんすい》前広場にやって来ると、その数十秒後に宮村さんが姿を見せた。

宮村さんはいつものお嬢様《じょうさま》結びに白のブラウスと、丈《たけ》の長いライトグレーのジャケットを前を開けたまま着ている。下は黄色のロングスカート。春も終わり夏へと向かうこの季節にぴったりな、目に優しい色合い。手には鞄《かばん》をふたつ提げていて、ひとつは白いトートバッグで、もうひとつは茶色で小振《こぶ》りなバスケットだった。

「ごめんなさい。準備に時間かかっちゃって……」

きっと、おれのためにだろう。だったら責められるわけがない。

「待ってないよ。おれもいま来たから。……結構大人っぽい服着るんだね」

「へ、変かな？」

「よく似合ってる」

「そんなこと……ないよ」

にやけているのが、隠《かく》しきれていなかった。控《ひか》えめに尻尾《しっぽ》をふる、お上品なシーズーがそこにはいた。

と、手の中でスマホが震える。宮村さんがこちらを見ていない隙《すき》に、確認する。

『何を普通《ふつう》に褒《ほ》めてやがるです』

顔をあげ、周囲を見回す。

すると、噴水の前のテーブル席に西條を見つけた。

宮村さんと並んで歩き出し、西條の横を通る。おれは視線だけで、どうしたら良いかを尋《たず》ねた。

『噴水の池に突《つ》き落《お》としてください』

（……はい？）

噴水はちょうどそのとき、午後一時になるのに合わせて、勢いよく水を噴《ふ》き上げた。

「きれいだね、野田くん」

「あんまり近づくと濡《ぬ》れちゃうよ」

水際にいる宮村さんに近づく。そして軽く腰《こし》を押《お》して、誘導《ゆうどう》しようとした。

「……え」

だけど、宮村さんは動かない。

固く唇《くちびる》を結んで、うつむいていた。

「野田くん、私の言ったこと、覚えてる？」

「い、いつの話？」

「ほら、池の広場で……」

えっちなこと、するから。

もちろん、覚えていた。

傍《はた》から見れば、池を覗《のぞ》き込む仲の良いカップルだ。

だけどおれ視点では、少し前かがみの宮村さんの胸元から、豊満な膨《ふく》らみがはっきりと見えた。

「……触《さわ》って」

触ってというのはもちろん、ひとつしかなかった。

「お願い、野田くん」

懇願《こんがん》するような声。大胆《だいたん》な行動とは相反し、顔は真っ赤に染まり、うっすら涙《なみだ》すら浮《う》かんでいた。

「早く」

宮村さんは、おれの手をとった。

そして強引に、胸に押し付けようとする。

おれはどうすれば良いのか分からず、抵抗《ていこう》しなかった。

「んっ……」

服の上から胸に触《ふ》れる。そして、ゆっくりと五指を動かす。

弾力《だんりょく》があり、それでいてふかふかの感触《かんしょく》。指が深く沈《しず》んで、押し戻されるよう。おれも経験はなかったが、それでもかなり上質だということは分かった。

そして、気がつく。

ほとんど直《じか》に伝わってくる体温といい、指先に沈む肌《はだ》の感触といい。

宮村さんは、下着をつけていなかった。

「今日のために、ね……。は、恥ずかしいから顔は見ないで欲しいな……」

「ご、ごめん……」

「でも……手は止めないで……」

再び、力を込める。

さっきより少し強めにすると、指先に固い何かが当たった。

「あっ！」

ひときわ、大きな声が出る。

宮村さん自身も驚《おどろ》いて、顔を両手で覆《おお》う。

だけど決してやめてとは言わない。

だからおれも、そのまま手を止めなかった。

「ふっ……あっ……」

宮村さんは、今度はもどかしそうに太ももをよじる。

少し前かがみに腰を落とし、口は小さく開け、目は閉じたまま。

肩《かた》で息《いき》をしており、口角の端《はし》からは、唾液《だえき》がつーと滴《したた》った。

「あの、これ以上は……」

「ダメ、もっと」

滴った唾液は、おれの手《て》の甲《こう》に落ちた。

そこから腕《うで》を伝って、さらに下へ下へと垂れる。

唾液で湿《しめ》った腕に、噴水のほうからの冷たい空気が触れる感覚で、我に返るような気がした。

「み、宮村さん……」

腕を引く。

宮村さんはゆっくりと目を開き、焦点《しょうてん》の定まらないままにおれの顔を見つめた。

「どうして……。まだ、触って欲しいのに……」

「ダメだよ」

「どうして？」

「だって、その……夢中になりすぎるから……」

「……えっ」

おれのその台詞《せりふ》で、宮村さんは目が覚めたようだった。

「あっ、わ、な……何を……。いや、自分でやったんだけど……」

いまさらながら、赤面する。

何もかも遅《おそ》いと思ったけど、それだけ真剣《しんけん》だったんだと思うと、嬉《うれ》しかった。

「ごめんなさい……」

「あ、謝ることじゃ……」

「でも、嬉しいな」

「え？」

「夢中になってくれたんでしょ？」

宮村さんは、恥《は》ずかしそうに、でもニッコリと笑った。

「私の身体《からだ》で、喜んでくれたんだ……」

しまったと思う。

間違い、ではないけど、多分おれにはいやらしい気持ちはない。感動、というニュアンスの違《ちが》い。……変に期待させるつもりはなかったのだけど。

「嬉しいなぁ」

恥ずかしいのか、手櫛《てぐし》で前髪《まえがみ》を整えるふりをして表情を隠そうとしている。でも丸見えで、真っ赤だ。もっとも、テーブルについてこちらを見ている西條は、怒《いか》り狂《くる》って、さらに赤いけど。

『ちょんぎりますよ』

何をだろう。怖《こわ》くて聞けないけど。

「とにかく、服の袖《そで》が少し濡れてるから、これで拭《ふ》いて」

そう言って、ハンカチを渡《わた》した。

「あ、ありがとう……。また、助けられちゃったね」

また、とは初日のことだろう。あのときはともかく、いまは別に助けたつもりはない。

「あのときから、野田くんは優しいよね。どうして？」

「どうしてって……宮村さんが困ってたから。優しくなんてないよ」

「だよね。野田くん、裏表なさそうだもん。誰《だれ》にでも優しいんだよね」

裏は思いっきりあるので、罪悪感が湧《わ》き上がった。

「だけど、む、胸を触ったり、デートは誰とでもしたりするわけじゃないよね？」

「それは……もちろんだよ」

「良かった。じゃあ、私、脈ありだと思っていいかな？」

ふと、ハンカチを握《にぎ》りしめる宮村さんの手が目に入った。

手首には、キラキラと光る星のブレスレットが巻かれている。それは、今朝の星座占《うらな》いで恋愛《れんあい》運七位という微妙《びみょう》な順位を覆《くつがえ》す、おひつじ座にとってのラッキーアイテムだとおれは知っていた。

「おれ、付き合うってまだよく分からなくて。でも、宮村さんとは仲良くしたい」

瞬間《しゅんかん》、宮村さんは咲《さ》いたように笑った。

「うん。私も、野田くんと仲良くなりたい」

偽善者《ぎぜんしゃ》。

西條の言葉が蘇《よみがえ》る。無駄《むだ》な期待をもたせるという意味では、より残酷《ざんこく》なことをしているのかもしれない。

誰かと一緒《いっしょ》にいてドキドキするという気持ちに、共感はできない。でも、噴水《ふんすい》に落とされたら冷たいし、期待を裏切られるのは苦しいし、願いが叶《かな》わなければ、哀《かな》しい。それは、おれにだって理解できるのだ。

宮村さんの希望で、三階のＣＤショップにやってきた。探しているものがあるらしく、さっきからクラシックコーナーをうろうろしていた。

「ゆっくりでいいよ」

陳列棚《ちんれつだな》を端から探していく宮村さん。おれにとっては好都合。いまのうちに西條に連絡《れんらく》をとろう。さっきの『池に落とせ』という指示を無視しているから、何を言われるか怖いけど。

いまもどこかで見ているであろう西條を気にし、背後を見回した。

「……あ、ヤバ」

西條ではない誰かと、目が合った。

棚《たな》に身体を隠《かく》すようにしてこちらを見ていた彼女、いや、彼女たちの姿には見覚えがあった。

『宮村花恋と愉快《ゆかい》な仲間たち』

『高山《たかやま》さん、日野《ひの》さん、佐藤《さとう》さんだね』

『いまは野生の猿《さる》にも名前をつける時代なんですね』

彼女たちは同じクラスの女子だ。宮村さんとよく一緒にいて、おれもたまに話す。宮村さんの初デートを心配してあとをつけてきたのだろう。

だけど、西條はあの三人のことが嫌《きら》いだ。なんとも都合の悪い巡《めぐ》り合わせだった。

『その理屈《りくつ》でいくと、宮村さんのスポンサーが猿になっちゃうよ』

『バナナでも支援《しえん》してくれるんじゃないですか？』

西條がこれだけあの三人を嫌うのには理由がある。

彼女たちは自己紹介《しょうかい》でやらかした西條のことが気にくわないのか、何かとつっかかってきては、嫌味《いやみ》を言う。西條さん元気？　あ、ごめん、私普通《ふつう》の人間だから、話しかけちゃマズかったね。ていうか、誰なら話しかけていいの？　総理大臣？　神様？　……みたいな感じで。

『悪いひとたちじゃないんだけど』

『んなこと言ったら、アニメを違法《いほう》アップロードするひとは、地方民からしたら神様です』

『どういうこと？』

『私はちゃんと、月額でネット配信のチャンネルを契約《けいやく》しています』

『有料放送契約していないと、ここはチャンネルふたつしか映りませんから』

『片方が野球の延長で潰《つぶ》れたらもう最悪』

『だから私は野球が嫌いです』

なんだかよく分からないけど、関係ない愚痴《ぐち》になっているようだった。

「あ、あった。CDこれだよ」

高山さんたちにはまったく気付いていない宮村さんが、嬉しそうな声をあげた。

「なんのCD？」

「『ダッタン人の踊《おど》り』っていう曲だよ。六月の定期演奏会で演奏するの。音楽室にはCDあるんだけど、自分でもっておきたくて」

定期演奏会、音楽室。おれは嫌《いや》な予感がした。

「あの、もしかして宮村さんって……吹奏楽部《すいそうがく》？」

「言ってなかったっけ？」

ジーザス。今日は巡り合わせがとことん悪い。

「えと、おれの姉も吹奏楽なんだけど」

宮村さんは口を半開きで少し考えたあと、頭の上に電球が閃《ひらめ》いたみたいな顔をした。

「もしかして……野田部長⁉」

「あ、うん」

「そんな……」

半歩後ずさり、信じられないといった様子の宮村さん。ショックを受けているようだった。

「同じ名字だなぁとは思ってけど……。早く言って欲しかったなぁ……」

「ごめん。宮村さんが吹奏楽部だって、いま聞いたから」

「そう、だよね……。ああ私、そうだと知ってたら、部長に野田くんのこと、相談しなかったのに……」

宮村さんは落ち込んでいるようだけど、おれのほうだってものすごく焦《あせ》っていた。

なぜなら、ここで宮村さんを傷つけたら、姉にまで知られる可能性があるから。

『関係ないです』

分かっている。避《さ》けては通れない道だ。それを気にするのであれば、吹奏楽部員は誰も追放できなくなるし、そうでなくても、誰かを追放し続けていく以上、いつかは姉の耳に入ることになる。

だったらここで二《に》の足《あし》を踏《ふ》んでも仕方がない。

「野田くん？」

「あ、ごめん。なんでもないよ」

それに、と思う。

どちらにしても、宮村さんの想《おも》いが成就することはない。

だったら、やっぱり無駄な希望をもたせないためにも、早めに追放することは必要なのだ。

　おれは宮村さんとは付き合えない。だから少しばかり辛辣《しんらつ》な態度を敢《あ》えてとってみせる、というのはおかしくないはずだ。

「でも納得かも。ふたりとも、誰にでも親切だから。……部長がオーボエで私がフルートなんだけど、同じ木管同士お世話になることも多いんだよ」

　姉はそうだろう。あのひとは自分に関わるひとすべてを幸せにしたいと、本気で思っている節がある。

『何を話し込んでやがるです』

（分かってる。これから、やろうと思っていたところだ）

『さっきから自分語りばっかりだね』

『もう飽《あ》きたよ』

　西條から、そんなメッセージが送られてきた。

　これを言え、ということだろう。今度の指示は、自分に好意を寄せてくれている相手への仕打ちとしては非常識だけど、その非常識を目的としているのであれば、常識的な指示だった。

『三猿《さんさる》も見ています』

一押《ひとお》しでいい。そうすれば三人は宮村さんに、あんな男はやめておけと忠告するだろうし、クラス中におれの悪評が伝わる。

「そういえば、志穂《しほ》ちゃんと琴音《ことね》ちゃんと諒子《りょうこ》ちゃんも吹奏楽部なんだよ？」

陳列棚の陰《かげ》から見ている、高山さん、日野さん、佐藤さんのことだ。

「あの三人ね、今度のGW明けの新入生発表会で、バンドを組んで演奏するんだって。ふふっ、吹奏楽、関係ないのにね。けど、野田部長はOKしたんだよ？」

新入生発表会はその名の通り、新しく部活に入った一年生が、生徒や観覧希望の保護者に向けて行うものだ。創作物の展示だったり、ステージでの発表だったりする。

「そうなんだ」

『君だけハブられてるんだね』

『まあ、その性格じゃね』

どの性格だろう。

宮村さんこそ、裏表なく誰とでも接することのできるいい子だ。ちょっと気が弱いところがあるから、話しかけようとしてうまくいかず、落ち込んだりもするけど、めげない。

「宮村さんはおれなんかより、幸せになるべきだよ」

「……え？」

思わず口に出していた。

でも、その想いに偽《いつわ》りはない。

宮村さんは、どうしておれなんか好きになってしまったんだろう？　好きになったのがおれじゃなければ、きっと幸せになれたはずだ。

「野田くん」

決意のこもった、強い瞳《ひとみ》だった。

「私の幸せは、ひとつだよ」

ぎゅっと、服の裾《すそ》を握られた。

「野田くんが……君じゃないと、ダメなの……」

嬉《うれ》しくなかった。

「ありがとう。嬉しいよ」

切なかった。

おれの心音は、いつもと変わらないペースで脈を刻み、頭はいたってクールだった。

おれはなぜ、自分を好きだと言ってくれる子さえ、幸せにしてあげられないのだろう。

その後、宮村さんにお手洗いに行くと嘘《うそ》をついて、離《はな》れる。

もちろん、西條と相談するためだ。

ゲーセンに着くと、西條はこなれた手つきでギターを操っていた。西條の目の前にある筐体《きょうたい》では、画面下からものすごい速度で三色のバーが流れてくる。バーが定められた位置に来るのに合わせてピックを弾《はじ》くと、画面には『PERFECT』の文字が煌《きら》めいた。

「す、すごい……」

おれから見れば、光のバーは速すぎて洪水《こうずい》のよう。西條はメジャーなヴィジュアル系バンドの曲に合わせて演奏し、次々とスコアを伸《の》ばしていった。

「ふん。こんなの、肩慣《かたな》らしにもならねぇです」

演奏が終わると、西條はバッグからじゃりパンを取り出し、食べ始めた。

（じゃりパン、持ち歩くほど好きなのか……）

「西條、このゲームやりこんでる？」

「たまに」

本物のギターと比べ、かなり操作しやすい簡易的な作りにはなっているが……それでも十二分に化け物級の腕前《うでまえ》だ。

「なんですか？」

「あ……うん。なんでもない。おれも音楽は好きだよ」

カラオケは、本当に好きだった。点数というかたちで、明確に結果が分かるから。だからカラオケは、ひとりでも何度も行ったし、西條の気まぐれでふたりで行ったこともある。

「まあ、んなことはどうでもいいです。それよりも、どういうつもりです？」

「あ、えっと……」

西條は怒《おこ》っているようだった。当然だけど。

「ごめん、西條。おれ、宮村さんに嫌われなきゃいけないのに……」

「まだ、間に合うと思いますよ」

「え？」

「考えているんですよね。もしこのまま宮村花恋と付き合ったら、そのうちちゃんと好きになって、幸せになれるかもしれないって」

その通りだった。

「でも西條が言ったんじゃない。周りに合わせてればいつか幸せになれるかも……なんて、幻想《げんそう》だって」

「ええ。ですが、私が常に正しいわけではありませんから」

自分に絶対的な自信をもつ西條の、珍《めずら》しく弱気な発言だった。

「普通《ふつう》の幸せが手に入るなら、それがいちばんいいに決まっています」

「そうなの？」

「私だって思います。私もあなたみたいに、くるくるぱーだったらもっと幸せだったかもしれないって。でも、無理です。私は他の誰《だれ》よりも優れていて、凡人《ぼんじん》の考えなんて理解できないんですから」

その言葉は嫌味《いやみ》でもなんでもなく、純粋《じゅんすい》な悩《なや》みだった。

事実、西條は入学試験を満点でパスし、運動面以外においては天才的なセンスをもっている。

「というわけで、計画を中止するならまだ間に合います。どうしますか？」

「……そうだね。これ以上、宮村さんの気持ちを蔑《ないがし》ろにするわけにはいかない」

それが、何よりの理由だ。

「分かりました」

それきり、だった。

西條はおれに背を向け、歩き出す。さようならのあいさつも、何もなく。

楽園追放計画という、ふたりをつなぐ理由がなくなれば、解《ほど》けて自然と離れていく。それだけの話だった。

「西條……」

名前を呼んだのは、憐憫《れんびん》か後ろめたさからか。

もちろん、答えは返ってこなかった。

「あれ、西條さん？」

だけれども、唐突《とうとつ》に飛んできたその声には、おれも西條も反応せざるを得なかった。

「西條さん、だよね？　同じクラスの」

裏などない、本当に嬉しそうな笑顔で近づいてくる宮村さん。幸いおれには気付いていないようだったので、急いで腰《こし》を屈《かが》め、飴《あめ》をすくうクレーンゲームの筐体裏へと身を隠《かく》した。

（おれを捜《さが》しに来たんだ）

陰からこっそり様子をうかがう。宮村さんには見られていなくても、高山さんたちがいたらマズイと思ったけど、幸いなことに近くにはいないようだった。

「ゲームセンター、よく来るの？」

「別に」

「あ、そうだよね、ごめんなさい。私生活のこと、あれこれ詮索《せんさく》されるの、嫌《いや》だよね」

しゅんと、音がしそうなほど落ち込む。なんでもかんでもお構いなしにズバズバと物言う西條と、すべての言葉を真剣《しんけん》に受け止める宮村さんは、相性は最悪かもしれない。

「それであの、西條さん、私ちょっとひとを捜してるんだけど……」

チラリと、西條がこちらを見た。

考えてみれば、西條がおれを庇《かば》う理由はもうない。アホ面ならあの筐体の裏でゴソゴソしてますよ、なんて言ってもおかしくはなかった。

「同じクラスの、野田くんなんだけど……。お手洗いに行くって言ったまま、帰ってこなくて」

「……ふーん」

「あ、そ、そういうのじゃないの！　デートとかそういうのじゃなくて……！　ああいや、ふたりで来てるのは間違《まちが》いないいんだけど！　私が勝手にデートって思ってるだけっていうか！」

「見てませんね」

「そう、なんだ……」

意外にも西條はおれを庇ってくれた。

関係が解消されたとはいえ、義理はあるということだろうか。

「それよりも宮村花恋」

「う、うん？」

「いま、時間ありますか？」

「え？」

「ちょっと遊びませんか？　……その、飴をすくうクレーンゲームで」

「……は？」

西條はクレーンゲームのほう、おれが隠れている場所を、ばっちりと指した。

「あ、で、でも、私、野田くんを捜さないと……」

「いいから、です。一緒《いっしょ》に遊んだら、ついでにあのアホ面も見つかるかもしれねぇですよ」

宮村さんの手をとり、一直線に向かってくる。場所を移動しようにも、死角がない。

「あなたはそっちです。そこが飴、たくさんとれそうですよ」

「う、うん……」

西條はおれが隠れている反対側を宮村さんに指定する。

クレーンゲームの筐体はよくあるタイプで、円形のドーム状になっていて、それぞれ四方に操作パネルがついている。プレイヤーはボタンでクレーンを操作し、なかをグルグルと流れている飴をすくうのだ。

「私はこっち側でやります。たくさんとったほうが勝ちですよ」

そう言って西條は、宮村さんの対面、おれが隠れている操作パネルのほうへやってくる。おれは表情だけでどういうつもりかと一生懸命抗議《いっしょうけんめいこうぎ》するが、こちらを見すらしなかった。

「負けませんから」

とはいえ、景品の取り出し口の前には、筐体に背中を預けておれが居座っている。パネルのすぐ前に立つのは無理だろう。無理な体勢でプレイしては、怪《あや》しまれると思うけど……。

「……天国に、連れていってあげます」

その台詞《せりふ》は、宮村さんではなくおれに向けられたものだった。

なんと西條はパネルの前のおれを、こともあろうか足を大きく開いて跨《また》ぎ、ワンピースでばっさりと覆《おお》い隠したのだ。

「さっ……！」

危うく、抗議しそうになるのを押《お》しとどめる。

完全に西條のワンピースのなかにおさまってしまっているので、目線の少し高い位置に西條の真っ白な下着があった。

「えと、私、こういうのあんまりやったことないんだけど……」

「大丈夫《だいじょうぶ》です。すくって、落とすだけです。……なかのキャンディは、舐《な》めると甘《あま》くておいしいですよ」

「う、うん……」

前に公園で舐めた、西條の足を思い出す。

砂糖みたいに甘くて、ねっとりとしていて、脳の奥からとろけそうだった。

西條は舐めろという。だったらこの場合、おれが舐めるべきはすぐ目の前。真っ白ですべすべの太ももの内側……。きっと、これまで舐めたどのキャディよりも甘い、夢のような味がするに違《ちが》いない。

(だけど、こんな場所で？)

ゲームセンター内に、客はほとんどいない。そもそも、このショッピングセンター自体、同じ市内にできた大型ショッピングモールに客をとられ、過疎《かそ》気味なのだ。

とはいえ、誰もいないわけではない。

何より、あの宮村さんの前で……？

悩んでいると、太ももが顔に押し付けられる。

さっさとやれ、ということだった。

「んっ、あ……」

「西條さん？」

「……なんでもねぇです。始めるですよ」

太ももを軽く舌先でつつくと、西條はくぐもった声をあげた。

ワンピースにより密閉された空間は、茹《ゆ》だるように暑い。西條の足は、しばらく歩いてゲームセンターで遊んだせいか、しっとり汗《あせ》ばんでおり、むわっとした熱気に包まれている。そして、宮村さんにいつ見つかってもおかしくないというこの状況《じょうきょう》が、おれの心拍数《しんぱくすう》を跳《は》ね上げ、ものすごい速度で血液を回し、身体《からだ》の内側から温度をあげる。結果、おれの頭は熱に侵《おか》され、正常な思考が奪《うば》われていった。

「あ、わわっ！　す、すくった！　すくったよ西條さん！」

「うまいじゃないですか。あとはそれをタイミング良く離《はな》して、下の台に落としてください」

ちっとも冷静でなくなった頭で、ふと気付く。そういえば、景品の取り出し口は筐体《きょうたい》の下についている。もし宮村さんが飴をゲットして、取り出そうと身を屈めれば……おれの姿は間違いなく、丸見えになる。

「は、離す……。あ、このボタンだね」

とれないでくれと思う。自分のことを好きだと言ってくれる宮村さんに、クラスメイトの足の下で、太ももを舐めている姿なんて見せられるわけがない。どれだけ宮村さんを傷つけ、どれだけ幻滅《げんめつ》させせるか。

「あっ……くっ……」

次の瞬間《しゅんかん》、おれは西條の太ももに舌を這《は》わせていた。

舌先で触《ふ》れるか触れないか、そんな微妙《びみょう》な力加減。下のほうから上へ、舐め上げるように。何度も、何度も繰《く》り返《かえ》す。……もう止まらなかった。

「いい感じ！　このタイミングなら、とれるかも！」

両手でしっかりと西條の下半身を抱《だ》きしめ、舐め上げる。いまにも宮村さんが餡をとって、身を屈めて、おれを見つけるかもしれないというのに！　いや、逆に考えれば考えるほど、全身を血が駆《か》けめぐり、ゾクゾクといけない快感が襲《おそ》ってくる。やめられない！

見つかれば終わり。宮村さんの想《おも》い人として、友達として、それどころか、ひととして！

これまで積み重ねてきたもの、すべてが終わる！

「とれた！」

声を弾《はず》ませて喜ぶ宮村さん。

彼女もこんなに無邪気《むじゃき》に声をあげることがあるのかと、頭の隅《すみ》で思う。

だけどその思考はすぐに、せき止められた川の流れを一気に開放するように、怒濤《どとう》の勢いで襲ってきた恐怖《きょうふ》ですべて上書きされる。

（見られる……見られてしまう！　ああっ、あああああああああああああ！）

「でも、確認するのは最後にするね。たくさんたまったのを一気に見るほうが楽しいから」

「……そうですか。ま、好きにするといいです」

吐《は》きそうだった。

いま、完全に終わったと、すべてを諦《あきら》めた。

息苦しい足の下で熱に侵され、緊張《きんちょう》で完全に意識がとんでしまう寸前だった。

それが一挙に氷水をかぶせられ、強制的に冷やされた感覚だ。

助かった……という思いと同時に、おれはどこか物足りなさも感じていた。

「宮村花恋。いま飴をとったせいで、台の上の飴が少なくなっていますよ」

「え？　じゃ、じゃあ、どうすれば……」

「そういうときは、隣《となり》に移動するといいです。……私の左隣《ひだりどなり》にね」

さぁっと、血の気が引いた。

西條の左隣。つまり、時計で言うと九時の位置と一二時の位置関係。

そんなに近ければ、普通《ふつう》にプレイしていても、少し下を向けば見られてしまう！

「うん。ありがとう」

迷いなく、近づいてくる足音。

おれはそれを聞きながらも、太ももの内側を舐めることをやめられなかった。

「これ、意外と楽しいかも」

だけど、宮村さんは何も言わない。

どうやら、ゲームに夢中でこちらに気付いていないようだった。

（……それなら）

「ふっ……んんっ……」

今度は太ももの内側に吸い付いた。歯を立てないように、だけど痕《あと》が残るくらいには強く吸う。くすぐったいのか気持ちいいのか、必死に堪《た》える西條の声が、もっとおれを興奮させる。このまま真っ赤な印がついて、一生消えなければいいのにと思った。

「っ！　あっ……！」

今度は、ひざの上あたりから太ももの付け根あたりまで、一気に舐め上げた。

「ど、どうしたの西條さん？」

「な、なんでもねぇです」

「でも……。息も荒《あら》いし、もしかして体調悪い？」

「すぐ治るです」

あまり大胆《だいたん》なことをすれば、西條が反応し、おれの存在もバレる。

……もうこれ以上はさすがにと、わずかに残った理性が訴《うった》えた。

（っ……!?）

だけど、そんなちっぽけな理性は、他ならぬ西條によって破壊《はかい》された。

西條はワンピースの上からおれの頭を掴《つか》み、グイッと太ももに押しつけたのだ。やれ。

そう言われているように感じた。

思いっきり声をあげ、宮村さんにあなたの存在を分からせてあげる。あなたもそれを望んでいるのでしょうと。

そしてあの穏《おだ》やかで優しい宮村さんの口から、想像もつかないほど汚《きたな》くて心ない言葉が飛び出し、おれを貫《つらぬ》くのだと。

聞きたいと思った。そうなればいいと、宮村さんに幻滅されたいと思った。

汗でぐっしょりになった西條の太ももを両腕《りょううで》で抱きしめ、絶対に離すまいと強く力を込める。そして宮村さんに見つかりたい、見て欲しいという一心で……。

西條の足のつけ根に、歯を立てて噛《か》みついた。

「ひゃうっ!?」

一瞬《いっしゅん》だけ、聞いたことのない艶《つや》っぽい声をあげる。

西條の足はガクガクと震《ふる》え、まったく力が入っていない。おそらく筐体に手をついて、なんとか身体を支えている状態だ。

だけど、それも長くはもたないだろう。太ももはぐっしょりと濡《ぬ》れ、ひざは少しずつ折れ曲がり、身体が沈《しず》んでいく。

「西條さん……？」

そして、そのときは訪れる。

完全に力をなくし、西條は崩れ落ちた。尻餅《しりもち》をつくようにして床《ゆか》にへたり込み、虚《うつ》ろな瞳《ひとみ》で苦しそうに息をする。

そしておれは、身体を包んでいた申し訳程度の布地をなくし、眩《まぶ》しい蛍光灯《けいこうとう》の明かりに晒《さら》される。

すべて、終わった。完全に、宮村さんに見られた。

だけどそう考えると身体はまた熱を帯び、汗をかき、高揚《こうよう》する。恐怖であり興奮である、なんとも不思議な感覚だった。

「西條さん！　しっかりして！」

「大丈夫《だいじょうぶ》、です。ですから……お水を……」

「水？　水を買ってくればいいんだね？」

「はい……」

宮村さんは、西條をその場に残し、大慌《おおあわ》てで走っていく。

おれには気付いていない。

なぜなら、体勢を崩《くず》した西條が宮村さんに倒《たお》れかかり、視界を塞《ふさ》いでいたからだ。

……せっかく、見てもらえると思っていたのに。

「そ、そうじゃなくて！」

去っていく宮村さんの背中を見て、大慌てで反対側へ走り出す。

そして十分距離《きより》をとって、筐体の裏側に身を隠《かく》した。

息を乱しながらも、つまらなそうにおれを睨《にら》んでくる西條と目を合わせていると、宮村さんが走って戻《もど》ってくるのが見えた。

「西條さん！　はい、これお水！」

「……問題ないです」

「ダメだよ！　ほら、ちゃんと飲んで！」

　やや強引な宮村さんに気圧《けお》され、西條は渋々《しぶしぶ》水を口にした。

「西條さん、あんまり身体強くないんだよね？」

「もう大丈夫です。ほら、さっさと行くです」

「でも、もう少し休んだほうが……」

「野田進《しん》を捜《さが》しているのでしょう？」

「あっ」

　宮村さんは思い出したように、小さく声をあげた。

「本当に私は平気ですから。ほら、もうなんともありません」

　立ち上がる西條。実際は発作で倒れたわけではないから、足は震えていないし、顔色も悪くはなかった。

「……分かった。でも、またつらくなったらすぐ連絡《れんらく》してね」

「連絡？」

「クラスＬＩＮＥに私もいるから、そこから個別にメッセージ送ってね」

　クラスＬＩＮＥに西條がいるわけはないのだが……宮村さんはそのことに気付いていないようだった。

「それから西條さん」

「まだ何かあるんですか？」

「その、今日はありがとう。クレーンゲーム、楽しかったよ」

「…………」

「西條さんって、正直ちょっと怖《こわ》いなぁって思ってたから……。でも、すごく優しいんだね。また、一緒《いっしょ》に遊んでくれると嬉《うれ》しいな」

西條は応えない。だけど、積極的に否定することもしなかった。

宮村さんは去っていく。何度も何度も、西條を心配そうに振《ふ》り返《かえ》りながら。ゲームセンターから出て姿が見えなくなるまで、おれはじっと離《はな》れたところでその様子を見ていた。

「……本当に、うっとうしい野郎《やろう》です」

おれが西條に合流すると、開口一番に言った。でも、嫌《いや》がっているようなニュアンスではなかった。

「で、これからどうするですか？」

言葉の意味するところは、もちろん分かっていた。

契約《けいやく》のことだ。

一度は破棄《はき》されかけたし、もしかしたらすでに一度、破棄されたのかもしれない。

だけど、どうするのかと聞いてくる。つまりそれは、おれのなかに、やはり計画を遂行《すいこう》したいという思いが再び芽生えていることに、西條は気付いているのだ。

「……どこまで分かっててやったの？」

宮村さんが来たのは、おそらく偶然《ぐうぜん》だ。だけど、西條がおれにｐｒｐｒするように仕向けたのは、再びおれに計画の必要性を思い知らせようと思ったから。もしくは……。

「そのまま見つかっていれば、楽になれたのに」

西條はわざとらしく、ニヤリと笑った。

それで分かった。本気で宮村さんにｐｒｐｒを見せつけようとしていた。

そうすることで宮村さんを幻滅《げんめつ》させ、結果的に切ることができるから。

（じゃあ、見つからなかったのも、本当にたまたまなのか……）

「ちゃんと、最初の予定通りにやるよ」

「いいでしょう。では、作戦続行です」

作戦とはもちろん、宮村さんを追放する、ということだ。

「気付いていますか。宮村花恋がもっているふたつの手提《てさ》げ鞄《かばん》。ひとつの中身はお弁当でしょう。あなたのために、精魂《せいこん》込めて作ってくれたに違《ちが》いありません」

ショッピングに来てお弁当というのも少しずれている気はするが……屋外スペースかど

こかで食べる気なのだろう。

「それを、投げ捨ててください」

言われることは、予想できていた。

手作りの弁当を、無惨《むざん》に投げ捨てる。さすがに宮村さんといえど、深く哀《かな》しむだろうし、傷つくはずだ。

「いいですね？」

覚悟《かくご》はできていた。痛みは伴《ともな》うが、越《こ》えるべき問題だと思うから。

「分かった」

（だけど、西條……。君は本当に、宮村さんを傷つけることに躊躇《ちゅうちょ》がないか？）

体調を崩した西條を心配し、心の底から労《いたわ》り、一緒に遊べて楽しかったと笑う宮村さん。

そんな優しい心をもった友達を、計画のために容赦《ようしゃ》なく切り捨てる。

……それが、強い、ということなのだろうか？


その後、宮村さんと合流して屋外へとやってきた。二階にある、ちょっとした休憩《きゅうけい》スペースだ。

保冷バッグの中身は、正確には弁当ではなく、三時のおやつにと作ってきてくれたサンドウィッチだった。おやつなので、中身もジャムやピーナッツバターと、甘《あま》いものになっていた。

「ごめんね、考えもなしに作ってきちゃって」

嬉しいよ、とは言えなかった。

これからおれは、彩《いろど》りも含《ふく》めて考えられたであろうサンドウィッチを、バスケットごとひっくり返して地面に捨てる。

「野田くん？」

「……うん。なんでもない」

周囲を見回す。西條は離れたベンチに座っていた。そして高山さんたちは、少し離れた物陰《ものかげ》からこちらを見ていた。

「あの、良かったら、食べて欲しいな」

不安の色が滲《にじ》んでいた。おれの様子がおかしいことを見て取ったのだろう。それを良い具合に、不機嫌《ふきげん》や怒《おこ》っている、という感情にとってもらえると助かる。本当は、罪悪感と緊張《きんちょう》で無口になっているだけだけど。

「…………」

おれは、普通《ふつう》の青春を送ることはできない。

見つけたのだ。空虚《くうきょ》な青春よりも、西條の身体《からだ》を舐《な》める悦《よろこ》びを、幸せを。自分の生きる世界を。だから、おれはもう表の世界とはおさらばすると決めた。

「野田くん……？」

バスケットを両手で掲《かか》げる。

そして、規則正しく並んだ地面のタイルを、見据《みす》えた。

計画には、姉や、宮村さんや、友達を傷つけるだけの強さが必要だ。

「おれは……」

掲げられた、両の手。

おれはそれを、思いっきり、地面のタイルめがけて、振り下ろした。

「ど、どうしたの？」

……つもりだった。

でも、ダメだった。次の瞬間《しゅんかん》には、バスケットはひざの上に戻っていた。

きっと、せっかくの休みの日に早くから起きて、おれのことを考えながら作ってくれたであろうサンドウィッチ。食べたおれがどんな反応をするのか楽しみに、そして緊張しながら、今日一日買い物をしていたのだろう。その気持ちは理解できないけど、これを地面に投げ捨てることで宮村さんが深く傷つくであろうことは、よく理解できた。

「なんでもないよ。結構ずっしりしてそうだなって思って」

「多かったら無理しなくていいからね？」

「うん、ありがとう」

「あ、お茶もあるからねっ」

少し肌寒《はだざむ》い、夕方の屋外。

宮村さんのサンドウィッチは、どれも甘すぎて、おれの口には合わなかった。


バスターミナルになっているショッピングセンターの一階で、バスに乗り込む宮村さんを見送ったあと、西條とふたりですぐ近くの駅まで歩いた。西條は何も言わなかったけど、怒っているわけではないと分かっていた。

「あのさ、西條」

駅に着き、ホームにあがる階段の前で、呼び止める。そして、スマホの画面を西條に見せた。

『待って』

「これ、どうして？」

西條から送られてきたＬＩＮＥだ。宮村さんと別れたあとに気付いた。時間的に、おそらくおれがサンドウィッチを投げ捨てようとしていたあたり。

つまり西條は、おれを止めようとしていた。

「別に」

まったくの無表情で西條は言った。

「そんなわけないでしょ」

西條は背を向ける。

そのまま無視して階段を上っていくのだろうと思っていたら、風に消えそうなほど、小さな声で呟《つぶや》いた。

「甘いものを無駄《むだ》にしたくなかっただけです」

お粗末《そまつ》すぎる嘘《うそ》だなと思った。おれの青春不感症《ふかんしょう》を見抜《みぬ》き、周到《しゅうとう》に逃《に》げ場《ば》をなくして追《お》い詰《つ》めた西條にしては。保冷バッグの中身が甘いサンドウィッチだと知ったのは、おれが宮村さんと別れたあとに報告したからだ。あの距離《きょり》でバスケットの中身まで見えるはずはないし、会話だって聞こえているわけはない。

「そうなんだ」

西條は躊躇《ためら》ったのだ。おれがバスケットを投げ捨てることを。宮村さんが傷つけられるのを、嫌がった。他人の禍福《かふく》なんて徹底的《てってい》にどうでもよく、楽園追放計画にひたすら真《ま》っ直《す》ぐであるはずの西條が。

「ちょっと安心したかも」

その声が西條に聞こえたのかは、分からない。

だけど、少なくとも表面上は聞こえていないふりをして、西條は歩き始めた。

一切迷わない、恐《おそ》れない、誰《だれ》よりも強いと思っていた西條。

だけど、そうではなかった。

おれはその事実が、嬉しいと感じた。

「おれたちは……なんなんだろうね」

西條は返事をせず、ただ黙々《もくもく》と階段を上る。

現実問題、喜んでばかりもいられないのだ。西條は躊躇ってしまった。となれば、また躊躇ってしまうかもしれない。先に進むには、いま以上の強さを手に入れなければならない。世の中のどんな善意も粉砕《ふんさい》して、関係ないと言ってしまえるだけの、強さを。

いまのおれたちは中途半端《ちゅうとはんぱ》。どこにも行けない、宙ぶらりん。何者でもない、何か。

西條も分かっているからこそ、ただ不機嫌に口を噤《つぐ》み続けている。

「……あっ」

階段を上りきったとき、その声を漏《も》らしたのはおれでも西條でもなかった。

待合室に座っている、三人の女子。高山さん、日野さん、佐藤さんだった。

「最悪です」

落ち込んでいて、油断したのかもしれない。考えてみれば、宮村さんが帰ると同時に店を出て、最寄りの駅に向かえば、出会ってしまうことは簡単に予測できたはずだ。

案の定、高山さんは立ち上がって、詰め寄ってきた。

「なんで西條さんがここにいるわけ？」

座ったまま、日野さんが言う。続けて佐藤さんもそれに乗っかった。

「え、略奪愛《りゃくだつあい》？　花恋から野田くんをとっちゃう感じ？」

「たまたま一緒《いっしょ》になったんだよ」

「嘘ぉ。もしかして西條さんが、偶然を装って野田くんに近づいたとか？」

（どうしてそういう話になるのか……）

「失《う》せろです。三猿《さんさる》」

（まあ、こっちにも多分に問題はあると思うのだけど）

「いや、近づいてきたのはそっちだよね？」

「というか、誰が猿だっての！」

「あれ？　図星指されてキョドっちゃってる感じ？」

ぶちっと、気の短すぎる西條の何かが切れた音がした。気がした。

そのまま乱打戦にもつれ込む勢いで、西條はズイッと一歩踏《ふ》み出した。

「ス、ストップ！　西條ストップ！」

慌《あわ》てて西條の腕《うで》を摑んだ。

「シン、離《はな》せです。この野生の猿共をとっちめて、きっちり海に還《かえ》します」

「せめて山にして！」

なおもおれの制止を振《ふ》り切り、高山さんたちに向かっていこうとする。西條の力は弱く、抑《おさ》えておくこと自体は簡単だった。

「じゃ。もう電車来るし、私ら行くから」

「おいコラ待ちやがれです」

三人はひらひらと手をふり、行ってしまった。

「……シン」

「うん。何？」

三人が改札の向こうに消えたのを確認し、手を離す。西條はもう暴れることはせず、ただ大人しく立っていた。

（……一体、これからどんな嫌味《いやみ》を言われるのだろうか）

「悪かったですね」

「……へ？」

思わず、変な声が出た。

（あの西條が、謝ってる……？）

「私もひとのこと言えませんでした。あなたに散々、宮村花恋を追放しろと言っておいて」

「う、うん？」

「私も切れていませんでした。あの、三猿と」

追放。それは善意のつながりだけに留《とど》まらない。ああいった悪意をもった存在とつながっていることによって、楽園の平穏《へいおん》が乱される。ツイッターの数字には現れない、隠《かく》れた敵だ。

「きっちり、追放します。二度と私たちに関わろうだなんて思わないように」

「それはいいけど、どうやって？」

西條がおれに向き直り、じっと見つめてきた。

「あいつら、GW明けの新入生発表会で、バンドを組むと言っていましたね」

「そうだね」

今日のCDショップでのこと。宮村さんから得た情報だ。

「私たちもやりましょう。バンド」

発想が飛躍《ひやく》しすぎていて、ついていけなかった。

「な、なんで？　というか、おれたち部活入ってないし」

「それはこれから入ります。どちらにしても、あなたが私と恋人《こいびと》になれないと言うのであれば、ふたりで一緒にいて不自然でない理由作りは必要でした」

今日みたいな場合、言い訳が立つということか。

「昼間にも言いましたが、放送部がいいでしょう。休部状態ですから、いま入ればふたりだけの部活になります。ブラバンがバンドしてOKなら、放送部だってOKです」

その理屈《りくつ》はよく分からないが……まあ発表会は自由度高いし、大丈夫《だいじょうぶ》なはずだ。

「でも、入ってバンド組んで……それで？」

西條は、にやりと笑う。

にこやか、なんて言えたものではない。何かを蔑《さげす》む、ひねくれた笑みだ。悪魔《あくま》……というほど西條は恐ろしい外見をしていないから、小悪魔ぐらいだろうか？　この、小悪魔の笑みを向けられた相手は、もれなく七面倒《しちめんどう》くさい、惨《みじ》めな目にあう。

「私とあなたなら、あのド素人同然の吹奏楽部員《すいそうがくぶいん》と、いい勝負ができると思いません？」

その含《ふく》みのある言い方で、おれは西條の意図を理解した。

「いい性格してるね、本当」

おれも西條の案に乗っかることにした。

だって、三対一で西條に詰め寄る彼女たちには、少し苛立《いらだ》ちを覚えていたから。

だったらこちらもひとり増やして、三対二。

まさかそれで卑怯《ひきょう》だなんて……言われないよね？

『sweet cat』

午後の香《かお》りに誘《さそ》われた　おすまし顔の子猫《こねこ》ちゃん
紅茶に砂糖はいりません　ちょっぴりおませな女の子
自由気ままに生きてるキミは　やわらかい光をいっぱい浴びて
ワガママ照れ屋で無口なキミは　ボクがふれると火傷《やけど》しそうで
love is over?

love & stick　おひざにおいでよ my honey　ずっとぎゅっと放さない
love is sweet　あま〜いおかし　アメとか愛とかいっぱいあるから

雨降り曜日はご機嫌斜《きげんなな》め　我慢《がまん》できずに飛び出した
ごはんに野菜はいりません　ちょっぴりボクとは合わないね
キミの瞳《ひとみ》にボクはいなくて　青い空だけ映っているよ
それでもいいと決めたけど　作っているのは「子猫、さがしてます」
where is my cat?

love & stick　帰っておいでよ my cat　ピーマンタマネギ捨てたよ
it is rainy　雨はやまない　ボクには晴らすことができないよ

やっと見つけた my cat　だけれどもう動かない
口にくわえたお魚は　空を泳ぐ回遊魚
子猫はあそこに行ったのか　見上げた青から泪《なみだ》が落ちる
I loved you

love & stick　お別れだね my cat　きっとずっと覚えてる
love is sweet　愛してる　ふんわりお耳はすっかり閉じて
love & stick　おひざにおいでよ my honey　ずっとぎゅっと放さない
love is sweet　あま〜いおかし　アメとか愛とかいっぱいあるから

P.S. あまいものが大好きなキミへ　チョコよりあまい口づけを

演奏が終わる。
静謐《せいひつ》な暗黒にひと雫《しずく》、水が落ちる音がした。
音は波及《はきゅう》し、暗闇《くらやみ》全体に何重にも響《ひび》き渡《わた》る。
響いた音は新たな音を生み、やがて雨となって降り注いだ。
西條はそれをすべて受け入れようと、ステージの前へと歩み出た。
「…………」
西條は濁流《だくりゅう》に浮《う》かぶ、優雅《ゆうが》な白鳥のよう。
純白のドレスに、真っ赤なルージュのアクセントが美しい。
いつもと違《ちが》う大人びた西條は、いつもと違う品のある礼をした。
「おいコラ。何ぼさっとしてやがるですか」
けどおれにだけは、いつもと同じ粗野《そや》な物言いをする。
そして仕草だけで前に出るように指示すると、割れんばかりの拍手《はくしゅ》に向き直った。
(そうか、おれもだ)
握《にぎ》りしめたマイクから手を離し、慌てて駆《か》けていく。
もちろん、西條の横に。

彼女と並び立ち、手をつなぎ、客席に向かって恭《うやうや》しく頭《こうべ》を垂れた。

「みんな驚《おどろ》いてたね」

おれたちが今日演奏したのは、誰《だれ》もが知っているメジャーなJ－POPではない。完全に西條の趣味《しゅみ》らしい、ヴィジュアル系バンドの曲だ。

曲調自体はポップだし、歌詞のメッセージ性が強く、聞きやすい部類だ。しかしそれでいて、デスボイスみたいな激しい表現も入れ込まれている。普通《ふつう》だと相容《あいい》れなそうだけど、子猫に例えた想《おも》い人を亡くした慟哭《どうこく》を表現するのに使われており、互《たが》いを見事に引き立てあっている。

「西條、アンコールだって」

「そうですか。でも、もう曲はありませんからね」

舞台袖《ぶたいそで》で観客たちの大きな声を聴《き》きながら、感慨《かんがい》に浸《ひた》る。ここまでの反響《はんきょう》だとは、まさか思っていなかった。西條に反感を抱《いだ》いているひとも多いだろうし、素直に感動しない層があると思っていたから。

「ま、私たちは前座みたいなものです。次の本命のバンドが、さぞかし感動的な演奏をしてくれることでしょうね」

西條は、今度は舞台《ぶたい》とは逆の方を向いた。

そこいたのは、バッチリめかし込んだ女子三人組。高山さん、日野さん、佐藤さんだ。

だけど三人に覇気《はき》はなく、ただ呆然《ぼうぜん》と、おれたちを見て立ちつくしていた。

「十分にステージは温めておきました。……せいぜい頑張《がんば》ってください」

言い放ち、歩き出す西條。おれもそれに従った。

彼女たちの演奏は知らないけど、おれたちに勝てるとは思えない。観客はおれたちの演奏が続くことを願っている。

「……かわいそうだけど」

たっぷり時間いっぱい、プログラムを組んだ彼女たちにとって、永遠に忘れられない十五分になることだろう。


新入生発表会を終え、土日を挟《はさ》んだ月曜日。おれたちは新たな根城となった放送部部室で、紅茶とコーヒーを頂きながら、優雅な午後のひとときを楽しんでいた。

「見ましたか？　今日のあの三猿《さんさる》ども。すっげー気まずそうに、私を見るなり顔をそらしやがったです」

「ステージも大変だったみたいだね」

「直接見届けてやれなかったのが心残りです」

おれたちは自分の席に戻《もど》る途中《とちゅう》、感涙《かんるい》にむせび泣く市民ホールの職員に捕《つか》まった。高校生のレベルを超《こ》えている！　これまで色んなプロの演奏を見てきたが、勝るとも劣《おと》らない！　と。結果として、高山さんたちのステージを見ることはできなかった。

「これで追放できました。計画に向かって一歩前進ですね」

西條は上機嫌《じょうきげん》に言うけれど、分かっていないはずはない。

向けられる悪意に対しては、どこまでも非情になることができる。だけれども依然《いぜん》として、襲《おそ》いかかる善意に対してはまったくの無防備なのだ。

宮村さんを切れなかったという事実は、変わらない。

「シン、お腹《なか》はすきませんか？」

「え、いや、いまじゃりパン食べてるけど……」

「もっと甘《あま》いものが、食べたくありません？」

西條の言葉の意味を理解した。

おれはパイプイスから立ち上がり、机の反対側の西條の前へと行く。

西條はイスごと横を向き、おれはその前に跪《ひざまず》いた。

「舐《な》めろ、です。今日は手を使うことは許さねぇです」

「うん」

「犬みたいに、みっともなく舐めるといいです。……大人の味を、教えてやるです」

言われた通り、四つんばいになる。

組まれた足に顔を近づける。

舌を出して、みっともなく。

これからおれたちは、ふたりきりの部室で、ただ無心に互いを貪《むさぼ》りあうのだ。

（これから、どうなるんだろう……）

ふと頭をよぎった、そんな思考さえも忘却《ぼうきゃく》の彼方《かなた》にやってしまうくらいの。

情熱的な、スキンシップで。

「やっほー！　理々《りり》ちゃんいるぅ⁉」

その予定だった。

扉《とびら》を勢いよく開く音に、おれは反射的に立ち上がった。

そこにいたのは、満面の笑みを浮かべた、知らない女子生徒。

長い髪《かみ》はポニーテイルでひとつにまとめられ、くっきりとした顔立ちの少女がいた。胸元のリボンは薄いピンク色で、同じ一年生だと分かる。見た感じ、西條よりもずっと身長は高くて、たぶん一六〇はあるのではないかと思う。肢体《したい》は細いほうだと思うけど、割と

しっかりしている印象なので、何かスポーツをやっているのかもしれない。

「ふふっ。あたしはね、理々ちゃんのファンだよ！」

一向に話が見えない。

「あ、あかねちゃん！　きゅ、急に押しかけたら失礼だよぉ〜」

混乱していると、馴染《なじ》みのあるふわふわした声が聞こえてきた。

見るとあかねちゃんと呼ばれた女子の後から、息を切らしている宮村さんが見えた。

「もー。花恋ちゃん遅《おそ》いー」

「あかねちゃんが、先に走っていっちゃうから……」

「宮村さん。これって……」

「ご、ごめんね。彼女は隣《となり》の七組の山口《やまぐち》あかねちゃん。同じ図書委員で、知り合ったんだけど」

「けど？」

「この前の新入生発表会で、西條さんのファンになったみたいで……」

西條がニヤリと笑った。

「えと……それで？」

「つまりぃ、山口あかねと宮村花恋両名、放送部に入部希望でっす！」

ビシッと、両足をそろえきれいに敬礼をしてみせる。

聞《き》き逃《のが》せないひと言があった気がした。

「あのね、野田くん。私も入ったらダメかな？　吹奏楽《すいそうがく》とは兼《けん》部できるし、野田くんや西條さんと、その……もっと仲良くなりたくて……」

どうやら、恐《おそ》れていた事態になってしまったようだった。

「そうなんだ。もちろん歓迎《かんげい》するよ」

帰って欲しい。回れ右をして、いますぐ。

「……良かった。ありがとう！　これからもよろしくね！」

西條もことの面倒《めんどう》くささに気付いたのか、先ほどとは一転、爪《つめ》を噛《か》んでものすごく深刻そうな顔をしている。

「迂闊《うかつ》でした……」

この前の新入生発表会は、高山さんたちを切るためのものだった。その目的は成功したのだけど、おれたちは切る一方で、つながってしまったのだと知った。

『オコじょ　フォロー：98　フォロワー：98』（ブロック：高山志穂、日野琴音、佐藤諒子　フォロー：山口あかね）

3

No
Adolescence Man
&
Bittersweet Cat

episode 3

山口《やまぐち》あかねさんは、ひととしてトリッキーだった。

隣の七組だけどよくうちのクラスに遊びに来て、図書委員だけど図書室でいちばんうるさくて、女の子だけどいつも飛《と》び跳《は》ねるからパンツ丸見えだった。けど、いや、だからと言うべきか、彼女の周りにはいつもひとがいたし、笑いが絶えなかった。

一方、陰《いん》側へ振《ふ》り切っている西條《さいじょう》は、山口さんに絡《から》まれるのをものすご～く鬱陶《うっとう》しそうにしていた。いまだって、教室で山口さんのひざに座らされていて、演技だったとしてもわざとらしすぎるくらい嫌《いや》そうな顔を、演技ではなくて素でしていた。それが、西條の精《せい》一杯《いっぱい》の抵抗《ていこう》だったのだ。

もちろん、西條も最初は表立って抵抗していた。だけど、引っかこうが噛みつこうが山口さんはまったく動じなかったので、ついには『何もしないのがもっとも合理的なひと』という称号《しょうごう》を彼女に与《あた》え、諦《あきら》めた。

「ねぇ理々《りり》ちゃん、あかねちんのひざの上、温かい？」

「…………」

「ほっぺたふにふにだね。食べていい？」

「…………」

「理々ちゃん、おっぱい小さいよね」

「小さい言うなです」

そこは許せないらしい。小さいという言葉に、本能的に反応しているようだ。

「なあシン」

「何？」

「隣のクラスの山口って、アホだよな」

(それを三好《みよし》が言うのか)

「シンくんや西條さんと同じ、放送部なんだよね？」

今度は安丸《やすまる》が、いつもの優男スマイルで言った。

「うん。いきなり、部室に押しかけてきた。西條のファンらしい」

「ファンって言うか……あの扱《あつか》いは、完全にペットのような……」

そうなのだ。西條の演奏に惚《ほ》れたと言っていたが、愛玩《あいがん》動物の扱いだ。

「助けてあげねぇのか？」

「無理だよ。それに、悪意は感じられないし」

悪意はない。が、善意や好意は、おれたちにとって毒。

そういう意味で言うなら、おれにとっての宮村《みやむら》さんが、西條にとっての山口さんなのかもしれない。

「でも山口さんが来てから、西條さんの立場が少し良くなった気がするよね」

「立場？」

「うん。これまでは西條さん、明らかに浮《う》いてたじゃない？　でも、ほら」

安丸が指す。そこには、西條と山口さんに話しかけるふたりの女子がいた。

「いいな、西條さん。あかねちゃんのひざ、温かそう」

「西條さん、小動物みたいでかわいいよね。私もひざに乗せていい？」

「小さい言うなです」

「ふふふっ。理々ちゃんはあたしにしか懐《なつ》かないのだよ」

「懐いてねぇです」

「ていうかあかねちゃん、どうやって西條さんと仲良くなったの？」

「なってねぇです。この能天気モンスターが一方的に私に構ってくるだけです」

「またまたぁ！　そんなこと言って！　照れてる理々ちゃん、本当にかわゆい〜！」

「放せ、です。おいコラ、そんなに締《し》め付《つ》け……や、やめ……やめろ！」

ジタバタジタバタ、ビッタンビッタンと、山口さんに抱《だ》きつかれて暴れる。水揚《みずあ》げされたマグロか。

「西條さん、かわいいー！」

そうか。おれも今後、血走った目で背後のひとに肘《ひじ》を入れようと苦戦している小《こ》柄《がら》な女子を見つけたら、そう言おう。

「結局、宮村さんとは付き合わずに、西條さんとくっついたのは驚《おどろ》いたなぁ」

ガダダンッ！

突如《とつじょ》、クラスの前のほうで激しい音がした。

見ると宮村さんが立ち上がっていて、イスが真後ろに倒《たお》れている。みな、何事かと宮村さんを見ていた。

「あ、は……な、なんでもないの！　ちょっと、その……イラッとして……。あははっ！」

（……そこは、ちょっと寝《ね》ぼけててとか、じゃないのか？）

笑いながらその台詞《せりふ》は「私、本気で怒《おこ》ると笑っちゃうんです」とか言い出しそうでマジで怖《こわ》かった。

「ていうか、別に西條とはくっついてないけど」

放送部に入ったのは、軽音部がないこの学校で、バンドができそうな唯一《ゆいいつ》の部活だったから。そしてある日偶然《ぐうぜん》、ショッピングモールの楽器店で西條と出会って、聞くとギターが趣味《しゅみ》らしいから放送部に誘《さそ》った。……そういう設定になっている。

「いいなぁ。俺もバンドやろうかなぁ」

三好が呟《つぶや》くと、ちょうど休み時間の終わりを告げるチャイムが鳴った。

山口さんは、疲《つか》れてすっかり抵抗しなくなった西條をひざから降ろし、教室中に向かって別れのあいさつを告げて去っていく。三好と安丸もそれぞれの席へ。宮村さんはこちらに聞き耳を立て疲れたのか、力が抜《ぬ》けたように机にダラッとなった。……そして西條は、ものすごく恨《うら》みがましい目で、おれを睨《にら》んでいた。

『燃やす（メラメラ炎《ほのお》の絵文字）』

理不尽《りふじん》だと思う。

（なんだか、ずいぶんと賑《にぎ》やかになったなぁ）

楽園追放計画によって、みんなと切れるつもりだった。

どうして、こうなってしまったのだろう？

数学の授業が始まっても、おれと西條はＬＩＮＥで会話していた。

『鬱陶しいです。山口あかね』

悪意がないだけに、山口さんはおれたちにとって質《たち》が悪い。宮村さんもそうだけど、まさしくおれたちの天敵と言える。高山《たかやま》さんたちのような悪意をもった相手なら、徹底的《てってい》に戦える。だけど善意を前にすると、まったくの無防備だ。

『ｐｒｐｒ《ぺろぺろ》できないね』

西條とも話したのだけど、新入生発表会でのバンドは、やり方が良くなかった。たった三人を徹底的に追放する一方で、他の大勢の生徒を招聘《しょうへい》してしまった。一時の怒《いか》りに流された結果だ。もっと冷静に対処するべきだった。

『おれたちは子供なんだ』

すべてのものを「関係ない」と一方的に切ってしまえない。もしおれたちが大人だったら、家を出て、西條とふたりで部屋を借りて、最低限に仕事をして、ふたりだけで完結した世界を作り上げられる。

『どうするんですか？』

『部室は宮村さんと山口さんがいるからダメ』

『帰り道は方向が全然違《ちが》う』

『あまり遅《おそ》くなると困ります』

西條はかなりご機嫌斜《きげんなな》めだ。顔をあげて本人を見ると、頬杖《ほおづえ》をついて貧乏揺《びんぼうゆ》すりをしており、どす黒い負のオーラがだだ漏《も》れだった。

『西條は案ある？』

『いつも私ばっかりですね』

『たまにはシンが考えてください』

（その通りだけど、そんな言い方しなくても）

『考えてるよ』

『じゃ、どうするんです？』

『まだ分からない』

『考えてないじゃないですか』

だんだんと、苛立《いらだ》ちが募《つの》る。西條こそ、いまは怒りをぶつけるばかりで、何も有益なことを言っていない。

『じゃあ、授業中かな』

『はぁ？』

『授業中なら、誰《だれ》もいない』

半分投げやりで、言ってしまう。特に深い考えもなしに。

『無理ですね』

『どうして』

返ってきたのは、鶏《にわとり》の絵文字だった。

(チキン……臆病《おくびょう》者ってことか)

『できるよ』

『へぇ？』

『おれが西條を連れ出す』

『どうやって？』

『明日《あした》、体育あるでしょ？』

『そこで西條、調子が悪いふりをして』

『おれが保健室に連れていくって先生に言うから』

体育は男女別だが、いまは男子がバレーで女子がバドミントン。同じ体育館内だ。

『抜け出すわけじゃないんですね』

『敢《あ》えて波風たてる必要ないし』

『ま、それもそうですね』

どうやら西條は納得したようだった。

『せいぜいロマンチックに私をさらってくださいね〝王子様』

顔をあげると、西條がこちらを向いて、ニヤリと笑った。

不健全すぎる、ひとを蔑《さげす》んだような笑顔。つまり、いつも通り。機嫌は治ったようだった。

『王子じゃないけどね』

西條だって、お姫様《ひめさま》ではないだろう。

おれたちはせいぜい、素行の悪いネコと、それをつまみ出す庭師ぐらいだ。


おれの進行直線上に、きれいなトスがあがった。

タイミングを見計らい、両足で体育館の床《ゆか》を蹴《け》る。

そして空中のバレーボールを、最高打点で叩《たた》いた。

「ふっ！」

ボールは勢いよく、敵陣《てきじん》のコートに突《つ》き刺《さ》さる。相手の七組は誰も、動けない。

「すげー！　シン、すげー！」

三好が駆《か》け寄《よ》ってくる。そのまま抱きつかれそうだったので、両手をあげてハイタッチにすり替《か》えた。

「ナイスなスパイクだよ、シンくん」

「安丸も。タイミング、ばっちりだった」

体育の授業のバレーボール。おれたちは、試合を見事白星で飾《かざ》った。

（けど、そんなことはどうでもいい。大事なのは、これから……）

チームごとにローテーションで試合を回すので、次は休憩《きゅうけい》になる。おれはそそくさとコートから退場する。そして、天井《てんじょう》から床まで体育館を分断するようにある、中央ネットの際へ。そこから女子のほうを見ると、体育着姿の西條がいた。

（……大丈夫《だいじょうぶ》かな）

バドミントンのコートに立った西條は、いままさにサーブをしようとしていた。

ダブルスの試合形式で、相方は宮村さん。そして向かいのコートには、山口さんと名前の分からない七組の女子だ。

そして、西條がサーブを構えた。

「はっ！」

スカッ。

「…………」

コートにいる、三人の沈黙《ちんもく》が重なった。

「理々ちゃん、もう一回やっていいよっ！」

山口さんが、情けをかける。

西條は再度サーブの構えをとった。

「はいっ！」

スカッ。

結果は同じだった。

「嘘《うそ》、だろ……？」

ギロッと、音が聞こえそうなほどの眼力で睨まれる。

だけどマジで理解できない。ふり遅《おく》れってレベルじゃない。西條は手から落とされたシャトルが床についてから、ラケットをふっていたのだ。

「てめぇら全員、侮辱罪《ぶじょくざい》です」

完全な自滅《じめつ》だった。

「つ、次こそ。次こそ打てるよ西條さん！」

「へーい！　ピッチャーびびってるぅ⁉　うちが空の彼方《かなた》まで打ち返しちゃるけんね！」

壊滅《かいめつ》的な運動音痴《おんち》と、ルールを理解しているのか怪《あや》しい山口さんとで競技が成立するとは思えないが、とにかく西條がサーブを入れないことには始まりすらしない。

西條は再々度サーブの体勢に入る。

ラケットをふりかぶり、今度こそとシャトルから手を放した。

「はぁっ！」

スカッ。

ダメだったけど。

「惜《お》しいよ西條さん！　さっきよりタイミングあってたよ！」

「こいつ、試合のなかで成長している……だと……？」

（このひとたちは、本当にいいひとなんだなぁ……）

「………」

「西條さん？　どうしたの？」

「動いて体調悪くなったので抜けます」

「え？」

それは、あまりにも雑なぶっ込みだった。

いまのどこに、体調の悪くなりそうな場面があっただろうか。

「だ、大丈夫かー西條！　保健室に、行ったほうがいいよー！」

この演技に乗っかるのはつらかったが、仕方がない。敢えてフォローするのなら、雑すぎてふたりがついてこられないおかげで、誰よりも早く西條を保健室にエスコートする役を買って出られた。

「では、そういうことで」

西條は一刻も早くエスケープしたいと言わんばかりに、スタスタとしっかりした足取りで歩く。もう少し体調が悪そうにするとか、小賢《こざか》しいことはできないのか？

「……怪しいなぁ」

おれたちが山口さんの隣《となり》を通り抜《ぬ》けるとき、ぼそりと呟《つぶや》くのが聞こえた。

怪しいのは誰がどう見てもそうなのだけど……その声には、ただのサボりを疑っているのとは違う、もっと別の何かを探るようなニュアンスを感じた。

連れてこられたのは体育館の裏だった。

西條に壁際《かべぎわ》に追い込まれる。自分より三〇センチも小さい少女に。

「さて、今日はどこをｐｒｐｒしてもらいましょうかね」

「どこでも。西條の、されたいところを」

西條はおれを従属させることで、自分の絶対的な上位性を感じて安心する。おれは西條に情けない姿をさらけ出し、惨《みじ》めな気持ちを味わうことで、普段《ふだん》の建前や作り笑顔で塗《ぬ》り固《かた》められた窮屈《きゅうくつ》な自分を破壊《はかい》することができる。自分は底にいる、どうしようもないダメな人間だと思えることで、安心を感じるのだ。

「じゃあ、今日はここですね」

西條が腕《うで》をあげる。

一瞬《いっしゅん》、何をしているのかと思ったけど、すぐに分かった。

袖《そで》の短い体育着から、腋《わき》が見えたのだ。

「たっぷり、大人の味を教えてあげます」

大人の味。西條はいつも、その味を大切にする。理由は分からない。

「さあ、やれ、です」

「……うん」

おれは壁に背中を預けたまま、腰《こし》を下げて座る。そして西條は、おれに覆《おお》い被《かぶ》さるようにして、腋を近づけてきた。

袖のなかは、影《かげ》になっていてよく見えない。だけど、体育のあとのそこを舐《な》めるというのは、なかなかマニアックだ。それだけに、興奮する。ひととしてかなり終わってる。

自分のアゴをクイッと、上に向ける。

ゆっくりと降りてくる、西條の腋。

おれは舌を痛いほど伸《の》ばして、一滴《いってき》の水を渇望《かつぼう》するかのように、迎《むか》える体勢をとる。

距離《きょり》は徐々《じょじょ》に縮まり、なかが少しずつ見えてきた。

何もない、きれいな肌色《はだいろ》だ。腕の下から胸の横にかけて、きれいなカーブを描《えが》いている。

袖からはキャミソールが見えていて、昂《たか》ぶった。

「きれいに、全部舐めとってくださいね」

西條とおれの先端《せんたん》の距離が、いまゼロになる。

寸前、ほのかに薫《かお》った。

爽《さわ》やかな、レモンソルベのようだった。

「ちょっとー！　あたしの理々ちゃんに何してんのよ！」

心臓が大きく跳《は》ねて、反射的に声のほうを向く。

立っていたのは、体育着姿の山口さんと宮村さんだった。

「な、なんで……」

見られた！　と思った。ついに、全部見られた。こんな危ないことをやっていれば、いつかはと思っていたけど、まさかこんなに早くだなんて……。

「落ち着くです」

西條は険しい目つきだったけど、動揺《どうよう》は見られない。その態度は、おれを冷静にした。

「ちょ、ちょっとあかねちゃん……。良くないと思うよ、こういうの」

「でも保健室に行くって言ってたのに、怪しいでしょ！」

「そうだけど……何も、私たちまで授業抜けなくても……」

話を聞いていると、おれたちが何をしていたかまでは分かっていないようだった。

「ここは私に任せるです」

妙案《みょうあん》がある。そういう顔だった。

「で、野田《のだ》っち、本当に何してたの!?　まさかと思うけど、あたしをさしおいて、逢《あ》い引《び》きとか!?」

山口さんが早歩きで迫《せま》ってくる。それを見ながら、一体どう誤魔化《ごまか》すつもりなのかと思っていると……。

「ぐげえっ!?」

突如《とつじょ》、肩《かた》を突かれて壁に押《お》さえつけられた。

「さ、西條さん？　野田くんを、どう、するの……？」

「体育館裏ですることなんて、ひとつしかねぇだろです」

「え？　えっと……愛の告白？　……って、そ、それはダメっ！」

「違《ちが》います。年上にナマ言った下僕《げぼく》を躾《しつ》けてるんですよ」

四月二日生まれなので、学年いちのお姉さん。そういう謎《なぞ》の自負が西條にはあった。

「ちょっとばかり、バドミントンが苦手な私をこいつは鼻で笑いやがりました。許すまじ、です」

ギュウギュウと、両手でおれの首を絞《し》める。……苦し、くはないけど。力ないし。

「ら、乱暴はいけないよ！　野田くんも、きっと悪気はなかったと思うし……」

「悪気がなくても、私は傷ついたんです」

「それは……」

(ごめん、西條は傷ついていない。君の優しい性格を知っていて、困らせて、うやむやにしようとしているだけだから)

「……まあ、このくらいで勘弁《かんべん》してやるです」

西條の手が放される。絞める力は弱かったけど、少し咳《せき》をして喉《のど》を押さえ、苦しかったような演技をした。

宮村さんは解放されたおれを見て、胸をなで下ろした。

「……怪しい」

だけど、山口さんは誤魔化されなかった。

「本当はふたり、付き合ってるんじゃないの？」

驚《おどろ》いたのは、むしろ宮村さんった。

「違うよ」

「当たり前です。どうして私が、シンなんかと」

「それだよそれ！　ていうか、なんで名前呼びなの⁉」

「別に」

「そうだよ。山口さんだって、おれのことあだ名で呼ぶじゃない」

「あたしは誰《だれ》にでもそうなの！」

山口さんはひと息ついて、これまでの険しい表情を一転。諭《さと》すような、困っているような、ちょっとだけ真面目な顔になった。

「あたしはね、別にふたりが付き合うことに反対してるわけじゃないの。そりゃあたしは理々ちゃんのことが好きだし、悔《くや》しいけど……。でも、野田っちだって好きだよ。だから、好きなふたりが付き合うのは、むしろ嬉《うれ》しい」

「だったら、ほっといてもらえませんか？」

「つまり、付き合ってるんだね？」

西條が、ちらりとおれを見る。言いたいことは分かる。そういうことにしてしまって良いか、という顔だった。

おれは西條から視線を外し、宮村さんを見た。

すごく、哀《かな》しそうだった。

いまにも泣き出しそうで、神にでも祈《いの》るよう。それほどまでにおれのことを思ってくれているのは……とても申し訳なかった。

「どうなの？」

西條は一度宮村さんを追放することを躊躇《ためら》ったが、最終的にはそうしたいと思っているだろう。山口さんに対しては、そもそも嘘《うそ》をついておく理由がない。むしろ前にも話し合った通り、おれたちは付き合っていることにしたほうが、楽なのだ。ふたりきりでいても不自然ではない。ただちょっと付き合い方が即物《そくぶつ》的と言うか、変わっているだけだ。

……ふと思う。

つまりそれって、おれたちは既《すで》に恋人《こいびと》みたいなものじゃないのか？

（……ダメだ）

こんなかたちで宮村さんを傷つけるのは、不本意だ。

おれは西條に向かって、小さく首を横にふった。

「付き合ってねぇです」

「……そう」

哀しそうに、ため息をつく山口さん。

一方で宮村さんは、安堵《あんど》のため息をついた。

「付き合ったときは、ちゃんと言ってね」

「だから違うと言っています」

「もしもの話だよ。でないと、花恋《かれん》にも失礼でしょ」

山口さんは、後ろにいる宮村さんを振《ふ》り返《かえ》った。

「はひっ⁉　あ、いや、わ、私はそんな！」

「どうして？　それくらいの筋は通さないと。花恋も野田っちのことが」

「わわわわわわわっ！」

ブンブンと、顔の前で両手をふる。顔も真っ赤にして。面白いくらいに。

「あかねちゃん！」

「いいじゃない。ここにいるみんな知ってるし」

「さ、西條さんは知らないよ！」

「知ってます」

「なんで⁉」

泣きそうだった。

顔を両手で覆い隠《かく》して、動かなくなった。

「消えたい……」

「話は終わりですか？　だったら、そろそろ戻《もど》りたいのですが」

「理々ちゃん、体調は大丈夫《だいじょうぶ》なの？」

「シンをしめたら良くなりました」

歩き出す西條。山口さん、宮村さんの横を素通りし、ひとりで行ってしまった。

「西條……」

君はおれのことをどう思っているのだろうか？　そしておれは、君のことをどう思っているのだろうか？

あまりに歪《いびつ》な関係のおれたち。

だったらその関係に、分かりやすい名前は必要なのかもしれない。

それからも、おれたち四人の関係は変わらなかった。

教室には変わらず山口さんがよく遊びに来て西條を弄《いじく》り倒《たお》したし、部室ではバンドの練習をした。宮村さんがベース、山口さんがドラムだ。宮村さんは吹奏楽部《すいそうがくぶ》で、山口さんは図書委員で顔を出せなかったり遅《おく》れたりすることもあったけど、基本的に西條とふたりきりの時間はなかった。

そうなってくると、思うことがある。

もしおれが、西條のことを本当に好きならすべて丸く収まる、ということだ。

好きでもない西條と付き合い、ただｐｒｐｒだけの即物的な関係を続けたいがためだけに宮村さんを裏切ることはできない。でも、ふたりが本当に好きあって付き合うなら、おれは胸を張ってみなに報告し、申し訳ないけど許して欲しいと言うことができる。だって、愛というものは誰にでも理解され、祝福されるものだから。姉だって喜ぶし、宮村さんも納得してくれるだろう。

もしくは、素直にすべてを話して放っておいてもらう、というのも選択肢《せんたくし》にあると思う。

だが、それは憚《はばか》られた。なぜならおれたちの関係は、間違《まちが》いなく他人には理解しがたいことであるし、何よりも、打ち明けるにはとても勇気がいるからだ。

おれたちの秘密は、恥《は》ずかしいものだ。ただの裸《はだか》をさらけ出すことなんかよりも、ずっと。だって、服の下の生殖器《せいしょく》なんかは誰にでもついているので、誰にでも理解できるけど、おれたちの服の下には、ピンク色で、なよなよして、うねうねして、なんならちょっと臭《にお》う、誠に珍妙《ちんみょう》で理解しがたい卑猥《ひわい》な器官がついているのだ。

それを見て普通《ふつう》のひとは言うだろう。切り落としてしまえ、と。

その器官がおれたちにとって、どれだけ愛《いと》おしくて、大切な感情だとしても。

だから、すべてを話すという選択肢は、ありえない。むしろ西條とのこの関係は、絶対に最後まで隠し通さなければならない。だからこそ、楽園追放計画などというものが生まれた。

(おれは、西條のことが好きなのか?)

いまのｐｒｐｒに飢《う》えた冷静でない感情では、判断できない。いまのこの、西條に会いたいという感情は、ただの劣情《れつじょう》なのか愛情なのか、判別つかないからだ。

そもそも、劣情と愛情は、どう判別すれば良いのだろう? ｐｒｐｒナシで西條といたいと思えれば、愛情? であれば、西條は他の誰よりも気を遣《つか》わなくていいし、一緒《いっしょ》にいたいと思う。でも、楽なだけで愛とは違う気がする。

……分からない。考えすぎて頭のなかがぐちゃぐちゃだ。

だけどどうしても揺《ゆ》るがない、ひとつだけしっかりしているものがある。

それはいまのおれが、西條とｐｒｐｒしたくてたまらない、ということ。

だとしたらやはり、まずはそこをクリアしないと、次には進めないだろう。


体育館裏のお預けから、一週間経《た》った。

おかげで授業も、まだ二限目だというのに身が入らない。国語教師の都筑《つづき》先生が、古語の文法について熱心に話しているのをなんとなく眺《なが》めては、たまに思い出したようにノートにとるだけになっていた。

授業を受けていると、自然と左前方向の席にいる西條が目に入る。

だるっとしたやる気のない後ろ姿。退屈《たいくつ》な日常だ。

だけど……。

西條の背中が丸まっているのはいつも通りだが、肩が大きく上下に動いていた。

『調子悪いの？』

ＬＩＮＥを送る。が、気付いた様子もない。

本当に良くなさそうだった。

おれは席を立って、教壇《きょうだん》の国語教師の許《もと》へと歩いていった。

「どうした、野田」

「西條さんが、体調悪そうです」

西條を見やる。おれのほうを「あんだこら？」という目つきで睨《にら》んでいたが、やはり息はあがっていた。

「……そうだね。いつもより眼力がない」

（どこで判断してるんですか）

「保健室に連れていってあげなさい」

「はい」

許可をもらい、西條の許に歩いていく。当たり前だけど、注目の的だった。

「なんですか？」

「保健室、行くよ」

「なぜです？」

「自分がいちばんよく分かってるでしょ」

だけどそれでも立ち上がらないので、腕《うで》をとる。それで西條は、渋々腰《しぶしぶこし》を上げた。

教室を出るとき、ふと宮村さんのほうを見た。宮村さんも、こっちを心配そうに見ていた。また体育のときのように、逢瀬《おうせ》を疑われるかもと一瞬《いっしゅん》思ったけど、宮村さんはそんなひとではない。

「本当に、余計なことを……」

「いいから、肩《かた》かして」

強がっていても、されるがままになっている西條。

おれを信用してくれているのか、抵抗《ていこう》する元気すらないのかは、分からなかった。

保健室には誰《だれ》もいなかった。

仕方がないので、いちばん手前のベッドに西條を寝《ね》かせる。体調が良くなるまで側《そば》で見ている、という間柄《あいだがら》でもないので、保健の先生を捜《さが》しに行こうとした。

「どこ行く気ですか」

すぐに止められたけど。

「先生を捜しに」

「チャンスじゃないですか」

「……いまは無理だよ」

「存在が非常識のくせに、そんな良識的な判断はいらねぇんですよ」

ベッドから身体《からだ》を起こす西條。頬《ほお》が赤かった。

「水、ください」

立ち上がり、保健室内を見回す。冷蔵庫があったので、なかをあけると水差しが入っていた。勝手に悪いなと思いながらも、横の棚《たな》にあった紙コップに注ぎ、西條に渡《わた》した。

西條はスカートのポケットを探る。そこから薬を何錠《じょう》か取り出して、水と一緒に飲み込んだ。

「これでもう平気です」

「でも」

「良くあることです。今朝は薬を飲み忘れただけです」

黙《だま》って紙コップを押《お》しつけられる。それを流し台の横に置いた。

「さあ、こっちに来いです。今日は体育着ではないのが残念ですが」

ベッドに腰掛《こしか》け、クイッと指だけでおれを呼ぶ。

何気ない、たったそれだけの動作。だけど、ご無沙汰《ぶさた》だったせいか、保健室というシチユエーションのせいか、西條の所作が美しかったせいか、おれのスイッチはいとも簡単に入った。ふらふらっと、街灯に吸い寄せられる羽虫のように、ベッドに近づいた。

「カーテンは、ちゃんと閉めてくださいね」

言われた通り、ベッドの周りを仕切るカーテンを降ろす。そして、おれと西條はその内側で、たったふたりきりになった。

「本当に、いいの？」

「いまさらダメだと言ってもするくせに」

その通りだった。もう止まれないと分かっていた。

「傅《かしず》け、です」

指示された通り、冷たくて白いタイルの床《ゆか》に正座して、ベッドに腰掛ける西條を見上げる。

西條は、不健全すぎる笑みを浮《う》かべ、足を組んだ。

「いま脱《ぬ》ぐです」

西條は腰を浮かせてスカートの下に手を入れ、黒タイツを脱ぐ。タイツは少しずつ下りてきて、次第に真っ白い太もも、ひざが露《あら》わになり、最後に足先からするっと抜《ぬ》けた。

西條は妖《あや》しい笑みでおれを見つめたまま、何も言わない。許可さえあれば、いつでも目の前の足にしゃぶりつくのに。西條はそんなおれの心境を分かっていて、焦《じ》らすのだ。

「西條」

「ダメです」

ぴしゃりと、低く厳しい声で言われた。

「焦《あせ》るんじゃねぇです。足を舐《な》めさせるかは、私の気分次第です」

「そ、そんな……！」

「あなたには、これで十分なんじゃないですか？」

そう言って西條は、手にしていたタイツをふる。

艶《なま》めかしい足の指は魅力《みりょく》的だったが、ヒラヒラと妖しく舞《ま》う黒蝶《こくちょう》のようなそれも、淫靡《いんび》だった。

「あげます」

ぱさりと、顔にかけられる。ちょうどタイツは両目を覆《おお》い、鼻の前に垂れ下がった。

「好きにしていいですよ」

おれはすべすべとした、羽のように軽い感触《かんしょく》のそれに集中するため、息を止め、目を閉じた。

視界をなくすと、他の感覚が研《と》ぎ澄《す》まされる。聞こえるのは、離《はな》れたグラウンドからの生徒たちの声と、開け放たれた窓から入り込んだ風が、カーテンをはたはたとなびかせる音だけ。おれと西條の間には、初夏の生暖かい空気が通り抜ける。西條の姿は見えないし声も聞こえないけど、そこにいるという気配を感じる。その事実は心地よく、心を落ち着かせた。

顔全体にある、西條の温《ぬく》もりが残ったタイツの存在を感じながら、ゆっくりと息を吐《は》く。そして逸《はや》る気持ちを落ち着かせ、肺のなかの空気をすべて出し切り、満を持して、保健室の消毒薬っぽい匂《にお》いと共に、西條の香《かお》りを身体に入れようと、思い切り息を吸い込もうとした。

「失礼します」

「っ⁉」

保健室のドアが開かれ、女子の声が聞こえてきた。

跳《は》ねるように立ち上がり、カーテン越《ご》しに入り口のほうを向いた。

(み、宮村さん⁉)

「誰かいますか？　西條さん？　野田くん？」

近づいてくる足音。おれは手に黒タイツを握《にぎ》りしめながら、西條と頷《うなず》きあう。

ベッドのカーテンは降りている。であれば、誰もいないという言い訳はできない。そして、なかにおれが西条と一緒にいるのは、明らかにおかしい。息を止め、床に座り込んだ。

「なんですか？」

「あ、西條さん。調子はどう？」

ベッドに腰掛けたまま、西條が答えた。

「別に」

「悪くない、ってこと？」

「そうです。大したことねぇです。それをシンが大げさにしただけです」

「そうなんだ。良かった……」

カーテン越しでも、宮村さんの表情が目に浮かぶようだった。本気で西條を心配し、無事を聞いて安心する姿が。

「授業、早めに終わったから見に来たの。西條さん、顔色すごく悪かったから」

なるほど。まだチャイムは鳴っていないのに、おかしいと思った。

「分かったらもう行けです。まだ授業はありますよ」

「そうだね。あんまり長居しても悪いし……。でも、野田くんが帰ってきてなくて。知らないかな？」

おれは自分の口を押さえ、息を漏《も》らさないようにした。

「知らねぇです。シンならとっとと出ていきましたよ」

「……そっか。うん、じゃあまた」

踵《きびす》を返し、去っていく足音。なんとか、助かったようだ。

「邪魔者《じゃまもの》は消えましたね」

「……うん」

ただの勘《かん》だ。

根拠《こんきょ》なんてないけれど、宮村さんはおれたちの間には何かあると、感づいているのではないだろうか。

「ちょっと、こっちを向けです」

突如《とつじょ》、ネクタイを掴《つか》まれ、引き寄せられる。すぐ目の前に、不機嫌《ふきげん》そうな西條の顔があった。

「私といるのに、他の女のことを考えていましたね」

「ご、ごめん。そういうわけじゃ……」

「あんな女より、私のほうがずっとえっちです。躾《しつけ》が足りなかったのかもしれませんね」

まだ少し体調が悪いのか、息があがっている西條。頬もうっすら上気していて、扇情的《せんじょう》だった。胸元のリボンも緩《ゆる》められ、少しだけキャミソールが見えていた。

「西條……」

「なんですか？」

「おねだり、していい？」

黙っておれを睨《にら》む西條。言ってみろ、ということだと解釈《かいしゃく》した。

「腋《わき》、舐めたい」

体育館裏での続きがしたい。寸止めをくらい、一週間お預けをされていた。おれがあのあと、何度その先を想像したか。妄想《もうそう》のなかで、何度西條の腋を味わったか。その雫《しずく》を、一滴《いってき》残らず舐めとって、嚥下《えんか》して、最後には西條に、良くやった偉《えら》いと褒《ほ》めてもらいたいと、何度思ったか。

「いま、すごく君の腋が舐めたいんだ」

正直な気持ちを吐露《とろ》する。

おれはいつも上辺だけ取《と》り繕《つくろ》っているから、自分の本当が分からなくなる。でもこれだけは本当だって言える、混じりっけのない、純粋《じゅんすい》な気持ちだった。

「……気持ち悪い」

それを、砕《くだ》かれる。

ゾクゾクっと、来た。

西條の瞳《ひとみ》の奥には、本気の拒絶《きょぜつ》が浮かんでいるように見えた。眉間《みけん》にしわを寄せ、身体を離す。おれの主人としてではない、西條としての素直な感想。気持ち悪い。気持ち悪い気持ち悪い気持ち悪い気持ち悪い気持ち悪い……。何度も、何度もその言葉が巡《めぐ》って、おれを支配し、動けなくした。

「何悦《よろこ》んでるんですか。いまの、本気で引いたんですけど」

「ごめん。ごめんなさい……」

謝ることしかできなかった。本当に、気持ちいいと感じたから。もっと感じたいと、思ってしまったから。

「あなた、やっぱり素質あったんですね。さすがの私もここまでとは思っていませんでした」

「ち、違《ちが》……」

「口答え、するんですか?」

強い目でぴしゃりと言われ、何も言い返せなくなる。

「でも、そっちのほうがいいです。どうしようもない、救いのない変態だからこそ、私の崇高《すうこう》さが引き立つというものです」

「う、うん」

「いいでしょう。腋、舐めさせてあげます」

「本当に!?」

「ええ。たっぷりと味わいやがれです」

嬉《うれ》しい。本当に嬉しい。長い間お預けにされていた分、感動も大きい。

西條は片腕《かたうで》をあげる。だけど今日は制服だから、あまり腋が出ない。このままではｐｒｐｒできない。

そのことに西條も気付いたのか、制服のシャツに、手をかけた。

「待ってろ、です」

ニヤリと笑う西條。

ごくりと、生唾《なまつば》を飲み込むおれ。

西條のシャツが浮き上がり、細い真っ白なくびれが見えた。

「誰《だれ》かいるの？」

扉《とびら》が開かれ、女性の声が聞こえた。

生徒ではない。大人の声だ。

だとしたらここの主《あるじ》、保健室の先生だ。

（ま、また……。どうして!?）

「男女の声が聞こえたのだけど」

足音が近づいてくる。その間おれは何もできず、ただただ固まっていた。

西條は心底面倒《めんどう》くさそうな顔をして、シャツにかけられた手を放す。

傷ひとつない、きれいな肌《はだ》が、隠《かく》された。

「最悪です」

特に声量をおさえるでもなく、西條は言った。

逃《に》げられないと観念したのだと、分かった。

「…………やっぱり」

カーテンを開けられ、しっかり見られてしまう。

立っていたのは、やはり保健室の先生だった。

すごく、若い。でも、子供っぽいという意味ではない。きっちり大人の女性の魅力をもっており、若々しい。茶色でパーマのかかったセミロングの髪《かみ》が、真っ白な白衣によく映える。ただ、保健室の先生にしては、化粧《けしよう》は濃《こ》い目《め》だった。

「あ、えと……」

「言い訳しなくていいよ。こういうことに興味がある年頃《としごろ》だものね」

優しい言葉だけど、にこりともしていない。義務で言ったような感じだった。

「でも、まさか西條さんがとは思わなかったけど」

西條を見る。相変わらず何も話さず、不機嫌そうに先生を見ていた。

「松崎《まつざき》」

「先生、でしょ」

ふたりのやりとりには、気軽さがあった。

「知ってるんですか？」

「常連だったから」

まだ、おれが西條と行動を共にする前のことのようだ。

「体調はどう？」

「別に」

「別にじゃないでしょ。久しぶりに顔を見せたと思ったら、保健室をラブホ代わりに使わないでくれる？」

松崎先生がカーテンをすべて開ける。視界が開けて、急に現実に戻《もど》ってきたような気がした。

「空気の読めないやつですね」

「読んだ結果がこれなんだけど？」

松崎先生は、突然《とつぜん》の憎《にく》まれ口にも動じなかった。西條も言い返そうとはせず、顔をそらす。それが怒《おこ》っているというよりも拗《す》ねているようにも見えて、ふたりの力関係が窺《うかが》えた。

「……仕方ないね」

松崎先生は呆《あき》れたように、ため息をついた。

「君、名前は？」

「野田です」

「野田くんね。ちょっと西條さんの隣《となり》に座って」

言われた通り、ベッドに座る。すると松崎先生は、腰《こし》を落としておれたちを見上げる体勢になった。

「西條さんのことは好き？」

好きかと聞かれれば……好きだとも言えた。

「好きです」

「大切に思ってる？」

「はい」

「だったら、大切にしてあげて」

どういう意味だろうか。

「衝動《しょうどう》を抑《おさ》えろ、というのは難しいのは分かってる。だけど、学校でこんなことをしてるって誰かに知られたら、ふたりの立場はどうなると思う？」

「危うくなると思います」

「そうね。三年間、後ろ指を指されて生活するのはつらいよ。友達が離《はな》れていくかもしれない。それでいいの？」

望むところだった。

「嫌《いや》です」

「だったら、はい」

松崎先生はおれの左手と西條の右手をとる。そして、ふたりの間で固く握《にぎ》りあわせた。

「幸せになるなら、みんなに知ってもらって、祝福されたほうがいいでしょう」

松崎先生は、おれと西條を交互《こうご》に見つめた。

「いま身体《からだ》を重ねるのは、このくらいで十分。肉体の関係に頼《たよ》らなくても、いいものよ恋人《びと》って。あなたたちはまだ若いんだから、焦《あせ》らなくていいの」

そう言って、松崎先生は初めてニッコリと笑った。

これまでのちょっとぶっきらぼうなイメージではなく、優しい柔和《にゅうわ》な笑顔。慈愛《じあい》に満ちた、なんて大げさかもしれないけど、宮村さんと同じで、心の底から相手を思いやっていると伝わってきた。

「分かった？」

「はい」

「西條さんは？」

「…………」

「返事」

「……分かったです」

「なら良し」

満足したのか、松崎先生は立ち上がって、自分のデスクに向かう。そこで何かファイルの束のようなものを持ち出した。

「私はもう行くから」

「あの、おれたちは……」

「もうちょっとゆっくりしていけば？　次の授業、どうせ遅刻《ちこく》でしょ。でも、えっちいことは禁止だからね」

松崎先生はそれだけ言うと、本当にあっさり保健室を出ていった。

すぐに保健室を出た。ゆっくりしていけと言われたが、あそこにいてもふたりの間には永遠に沈黙《ちんもく》が漂《ただよ》っているか、もしくは、えっちぃことをしてしまいそうだった。

授業中で人気のない校舎内を、ふたりで歩く。無言で、手をつないだまま。

手を放さなかったのは、この光景が誰かに見つかって、おれたちが付き合っていることになればいいと、思っていたからかもしれない。

「松崎先生、いい先生だと思う。でも、おれたちにとっては、どうだろ」

「どうもこうも、鬱陶《うっとう》しいだけです。話が嚙《か》みあわねぇです」

「だろうね」

西條も散々、もっと愛想良くしろとか、友達を作れとか言われたに違《ちが》いない。

「おれたちは自分たちが異常だって分かってる。その上で考えて、幸せになろうとしているのに」

でも、ダメ。邪魔《じゃま》される。それはおれたちを良く思っていないひとだったり、良く思っているひとだったり。

なぜ、放っておいてくれない？　そっちの水は苦いよ、こっちの水は甘《あま》いよと。お節介《せっかい》を焼いてくる？　どっちの水が甘いかなんて、おれたちが決める。その結果、やはり苦い水を飲んだとしても、自己責任だ。

（おれたちがまだ子供だから、か）

前にも考えたことがある。子供だからダメなのか？　なぜ？　おれたちはきちんと考え、答えを出している。その苦労を、過程を否定して手綱《たづな》を引くのが大人なのか？　違うだろ。こちらの意志も尊重してもらわなければ、息もできない。

「もう、うんざりだ」

教室に戻るのが急に嫌になって、渡《わた》り廊下《ろうか》の途中《とちゆう》で立ち止まり、空を見上げる。今朝は晴れていたと思っていたが、いつの間にか暗雲が立ちこめていた。そしてその暗雲の下に、学校の正門が見えた。

「西條、おれと手をつないで、どう？」

「どうって、なんですか？」

「嬉しかったりする？　ドキドキする？」

西條は、少し黙《だま》って考えていた。

「しねぇですね。欠片《かけら》も」

「そう。……おれもだよ」

もしかしたらおれは西條のことが好きなのかもしれない。そう思ったこともあった。

でも、いまはっきりと分かった。

おれが西條に抱《いだ》いているのは愛情ではない。

だって、西條の手は柔《やわ》らかくて温かくて心地よかったけど、宮村さんの手もきっと、同じくらい心地が良いと思うから。

「私たちに清く正しい学園生活なんて、無理に決まっています」

「そうだね」

おれはずっと、暗雲の下の正門を見つめていた。

楽園追放計画も、ひとを追放する強さがない故に進まず、自分たちの恥部《ちぶ》をさらけ出して理解してもらう勇気もない。さらに、自分たちの弱さを受け入れ、志半ばにして元のつまらない生活に戻ることも躊躇《ためら》われる。そんな窮屈《きゆうくつ》な世界で、おれは正門がぽっかり空いているのが、唯一《ゆいいつ》の救いであるような気がした。

「……もう、どうにでもなればいい」

おれは強引に西條の手を解《ほど》き、しっかりと手首を握った。

「シン？」

西條を引いて、歩き出す。教室棟《とう》に入り、八組のある方へは向かわず、階段を下った。

「どこに行く気ですか⁉」

「どこかだよ」

「はぁ？」

「こんな窮屈でつまらない場所、いたって仕方ないよ」

そうと決めてからは、立ちこめていた暗雲が散ったような、清々《すがすが》しい気持ちだった。

「おれが西條を攫《さら》う。ふたりだけの、誰《だれ》にも邪魔されない場所まで」

おれの意図が伝わったようで、西條はきょとんとしていた顔をニヤリと歪《ゆが》ませ、いつも通りの不健全すぎる笑顔を見せた。

「そうですか」

「そうなんですよ」

「やれるものならやってみろ、です。王子様」

「言われなくてもそうするよ、お姫様《ひめさま》」

階段を堕《お》ちるように下っていく。

どこまでも、どこまでも続いているような気がした。

だけど絶対に、つないだこの手は放さない。

ふたりでなら、恐《こわ》いものなど何もないから。

おれと西條は正門を飛び出し、バスに乗って駅まで行った。

バスに乗った頃《ころ》には雨が降り出し、駅に着いたときには土砂降りだった。

それからおれたちは電車に乗った。その間も手は放さなかった。

平日の昼間に、手をつないだ制服姿の男女。ジロジロと見られたけど、おれたちを咎《とが》めるひとはいない。誰も干渉《かんしょう》してこない、なんて素晴らしい世界だろうと思った。

三〇分ほど揺《ゆ》られたところで、海がきれいな観光地に着いた。小さな島の周りを、波状の岩でできた陸地が取り囲んでいる。いまは雨が降っているけど、景色もきれいだったので、なんとなくここで降りた。傘《かさ》は駅員さんに言うと、快く貸してくれた。

しばらくここで過ごすにあたって、朽《く》ちたコンクリの建物を根城に決めた。勢いで飛び出してきたこともあって、ホテルに泊《と》まるお金なんてない。あったのは、おれと西條のポケットの財布に入っていた、わずかばかりのお金がすべてだった。

根城でまずしたことは、フォロワーの整理だった。

これだけのことをしでかしたら、もう恐いものはない。中学時代からの友人は、一部を残してフォロー解除&ブロックをした。それが終わると、おれはスマホの電源を落として、根城の隅《すみ》に投げ捨てた。西條はそもそも、スマホをもってきていなかった。

「でも、そんなに長くは逃《に》げられないよね」

「何を弱気なことを言ってるですか。あなたが連れてきたんですよ」

「……そうだった」

屋根が三分の一ほどないコンクリの部屋のなかで、一日目の夜を迎《むか》える。これからの生活にあたって最低限のものをそろえていたら、いつの間にか日が暮れていた。

「寒いから、もうちょっとこっちに来たほうがいいよ」

「……ん」

なけなしのお金で買った、一二〇〇円の毛布にふたりでくるまる。それで、やっと安心できた気がした。

「そういえば、まだしてないんだけど」

「現金な野郎《やろう》ですね。一段落したと思ったら、すぐにそれですか」

「だって、そのためにここまで来たんだよ？」

ニヤリと笑う西條。客観的意見として、西條はやっぱりかわいいと思った。

「そうでしたね」

押《お》し倒《たお》され、強引に組《く》み敷《し》かれた。

遠慮《えんりょ》のない、愛なんて微塵《みじん》も感じない力加減だったけど、おれにはそれが心地いい。

「ここでなら、邪魔は入りません」

顔を踏《ふ》まれ、蔑《さげす》まれる。見下される。

足に舌を這《は》わせる。これまでの空白を取《と》り戻《もど》すように、一心不乱に。

ふと、壊《こわ》れた屋根の向こうに、空が見えた。

いつの間にか雨はあがり、雲が晴れ、星が瞬《またた》いていた。

西條の足の指の間から見える、満天の星。

そのあまりの美しさに、自然と涙《なみだ》がこぼれた。

『オコじょ　フォロー：44　フォロワー：44』（ブロック：中学時代の友人52名）

4

No
Adolescence Man
&
Bittersweet Cat

episode 4

どんよりとした、曇《くも》り空《ぞら》だった。

誰も、何も分かってくれない世界で、無機質なコンクリの囲いに逃げ込んだおれたちは、ふたりだけで行為《こうい》にのめり込んだ。

「あっ……ふっ……んっ」

今日はもう、三時間は舐《な》め続けていた。

足の指の間、爪《つめ》の間、しわの間までなぞり残しがないように、執拗《しつよう》に舌を這わせる。指が終われば足の甲《こう》、裏、かかと、足首。定期的によだれを口からあふれさせ、決して乾《かわ》かないように。味に変化が欲しくなれば、床《ゆか》に無造作に転がっているはちみつの瓶《びん》をあけ、足に垂らし、舐めとる。よだれとはちみつで口の周りをベトベトに汚《よご》し、目を血走らせただ無心に、行為に励《はげ》む。そうして太ももの付け根まで、あがっていく。

「ひあっ……あっ……」

付け根を舐めるとき、西條《さいじょう》は特に艶《なま》めかしい声をあげた。

　おれはそれが嬉《うれ》しくて、でも顔には出さないようにした。決してそこだけ攻《せ》めるような真似《まね》はせず、あくまでひとつの通過点として通るだけ。そうでないと、また西條に仕置きされてしまう。舌を足の指で思いっきりひっぱられたり、顔を踏みつけられたり、頰《ほお》をひっぱたかれたりした。それは日を増すごとに激しくなっていき、五日目の今日なんかは、もはや手加減なしの全力に感じた。

「……いいでしょう」

　ふと、西條が言った。

「足の味は十分に覚えましたね」

西條の足は、目を閉じても輪郭《りんかく》、色つや、味、すべてを克明《こくめい》に思《おも》い描《えが》くことができる。西條以上に、西條の足のことを知っている。日によって微妙《びみょう》に味が変化し、体調も判断できた。

「でも、まだ足りない」

「知っています。ですが、こっちの味も知りたくはありませんか？」

西條は、ゆっくりと腕《うで》を上げた。

袖《そで》の間から、なかが見えた。

ふと思う。西條とおれが最後にシャワーを浴びたのは、いつだっただろうか。

「素直ですね。顔を見れば分かります」

「いいの？」

「いいとか悪いとかじゃねぇです。私は、舐めろと言っているです」

西條はおれに背を向けて、真っ平らなコンクリの壁《かべ》のほうを向いた。

そして、手元で何やらゴソゴソとやっている。衣《きぬ》ズレの音がした。

「前を見たら……二度と口をきかねぇですからね」

おれが答えるよりも早く。

西條はブラウスの裾《すそ》に手をかけ、一気に脱《ぬ》ぎ去った。

「わ、わっ⁉」

「あんですか？」

「な、なんでも……」

顔だけをこちらに向けて、睨《にら》んでくる。

だけどおれは西條と目を合わせられない。

汚れひとつないきれいな背中に、見とれていたから。

もし指を這わせれば、フライパンの上のバターのように、なんの抵抗《ていこう》もなく滑《すべ》るのではないかと思った。決して骨張っておらず、だけどしっかりとくびれがあって、無駄《むだ》なものが一切ない。洗練された背中だった。

残っているのは、下着だけ。灰色の、白い縁取《ふちど》りがされたスポーツタイプ。さらさらとした布地に、肩胛骨《けんこうこつ》がうっすら浮《う》いており、その輪郭を指でなぞりたい衝動《しょうどう》に駆《か》られた。

肩《かた》のあたりは完全に露出《ろしゅつ》し、なめらかな曲線からうなじにかけてが、とても美しかった。いつかそこを舐めたいと思ったし、むしろ歯を立てて柔《やわ》らかく噛《か》みつきたかった。

「そんなにじっくり見るなです」

「ご、ごめん……。あんまり、きれいだったから」

「はぁ？　んなわけねぇだろ、です」

「え？」

自信家の西條が謙遜《けんそん》したのは、意外だった。

だけど表情を見て、謙遜でなかったのがすぐに分かる。

ちょっと顔を伏《ふ》せて、哀《かな》しそうだった。

「本当だから！　本当におれ、きれいだと思ってるから！」

「は？」

「指でなぞって、頰ずりして、いますぐ噛みつきたい！」

「…………」

なんだか、少し引かれている気がする。

「ごめん、おれ……」

「恥《は》ずかしいです」

「え？」

「そんなに真《ま》っ直《す》ぐ言われると、恥ずかしいと言ってるです」

嫌《いや》がっていた、わけじゃない。

どうやら信じがたいことに、恥ずかしがっていたらしい。

いつもみたいな不機嫌《ふきげん》顔をしていながらも、取《と》り繕《つくろ》っているのだと分かる。ちょっと、瞳《ひとみ》が緊張《きんちょう》で揺らめいていて、こちらを直視しようとしないで、頰が桜色に染まっている。

自分の身体《からだ》を抱《だ》くように、隠《かく》すようにして、背中を丸めていた。

おれは不覚にも、胸が大きくときめくのを感じた。

「もう！　いいから、さっさとしろです！」

「ぶふっ⁉」

乱暴に、手にもっていた制服で殴《なぐ》られる。視界が覆《おお》われ、リボンか何かが顔をはたき、地味に痛かった。

「腕の下を舐めやすいように脱いだだけです。余計なところを見たり触《さわ》ったり舐めたりし

たら、間引きますから」

何をだろう？　怖《こわ》くて聞けないけど。

「早くしろです」

左手で胸のあたりを隠しながら、右手を大きくあげる。

余計なところは触るなと言われたけど、触りたかった。

だから背中から西條に抱きつき、手を腰《こし》に回した。西條は何か言いたそうに口を開きかけたけど、結局何も言わなかった。

「これが、西條の……」

ここまでじっくりと、間近で見たのは初めてだった。

小さく刻まれたしわの間には、キラキラと輝《かがや》く水滴《すいてき》があった。その渓谷《けいこく》に爽《さわ》やかな風が吹《ふ》き抜《ぬ》けると、以前にも少しだけ感じたレモンソルベが、優しく薫《かお》った。

「んっ……」

ざらりと、直《じか》にひと舐めする。そこは他の部分に比べてしっかりと味がした。かなり濃《こ》い、禁忌《きんき》の味が。舐めた瞬間《しゅんかん》、頭のなかに電流が走り抜け、理屈《りくつ》のない直接的な刺激《しげき》を感じる。クセになってしまいそうな、二度と抜け出せない危険を孕《はら》んでいた。

だけど花に蓄《たくわ》えられた蜜《みつ》のように、極めて貴重で、ふたくち目にはすっかり薄《うす》くなっていた。刺激を求めて、渓谷の一本一本を舌でなぞるけど、薄い。足りない。こんなんでは、足りない。足りない足りないと、何度も何度も、舐め続けた。

「はっ……んくっ……くすぐったい、ような……気持ちいい、ような……」

西條の息が上がっていた。

明らかにせっぱ詰《つ》まった、くすぐったいものとは違《ちが》う感じ。嬌声《きょうせい》が混じる。目はとろんとしていて、焦点《しょうてん》が定まっていない。口は開きっぱなしで、唾液《だえき》がつーっと、端《はし》から糸を引いて落ちる。息もだだ漏《も》れで、本人も何がなんだか分かっていないようだった。

「あっ……ふっ……はぁっ」

ぎゅっと、西條の腰に回した手に力を入れる。ぴたりと背中に身体を押しつけ、全身で温《ぬく》もりを感じる。小さくて、力を入れると壊れてしまいそうで、でも壊れたらいいと思って、強く抱きしめた。

そのとき、おれの奥からよく分からない何かがせり上がってきた。劣情《れつじょう》とは違う、かといって愛《いと》しさと言えるほど、高尚《こうしょう》ではないもの。ただ相手を求め、ひとつになりたいという気持ち。肌《はだ》と肌、身体という境界線がもどかしく、ひとつに融合《ゆうごう》、否、ひとつに戻ろうとする、本能のようなもの。感情なのか、生理的な反応なのか、大げさに言えばもっと自然的な仕組みのようなものなのか、判然としないもの。……つまりは、重なりたいという事実だけがあって、それ以外は頭のなかが煮立《にた》って渦巻《うずま》いて、よく分からなかった。

「さ、西條……おれ……」

「好きに、しろです……」

抑《おさ》えられていたすべてを解放し、さらに強く、強く西條を抱きしめる。

下から上に何度も何度も舐め上げ、その度に雫《しずく》が滴《したた》った。

「シン……シン……！」

「うん、西條。いるよ、ここに……！」

ただただ、没頭《ぼっとう》する。

もはやそこからは言葉にならない。

ただおれは自分のなかに西條がいることを感じ、幸福を感じ。

そのままふたりで溶《と》け合って、分からなくなった。


雲が晴れた。これまでのどんよりとした空が、嘘《うそ》のように。

おれと西條は外の世界へと飛び出した。

西條が暗い顔をしていたから気晴らしに、ということもあった。

西條からしてみれば、おれが学校から逃《に》げ出したことで、宮村《みやむら》さんや姉を裏切ったに等しい状態になったのだから、喜ばしいことのはずだ。楽園追放計画が大きく前進したと言っていい。でも、西條は元気がない。ずっと一緒《いっしょ》にいたから分かるのだけど、西條も不安で、それを誤魔化《ごまか》すようにして、激しくおれを求めてきたこともあった。

単独犯ではなく共犯で良かったと、心の底から思った。

手をつないだまま、住宅街を歩く。

道が狭《せま》く、車一台が通るだけでもギリギリな場所が多くある。住宅は平屋の一軒屋《いっけんや》が多い。公民館や保育園だけがやたら新しく、異彩《いさい》を放っていた。

墓地の入り口をかすめ、草が生え放題の踏切《ふみきり》を抜ける。そして何本か小さな橋を渡《わた》って真っ直ぐ行くと、ようやく大きな道路に出た。

道路の突《つ》き当《あ》たりには、青々とした海が広がっている。この曲がり角にある大きめのスーパーが、基本的におれたちの行動範囲《はんい》の最終地点だった。夜中に赴《おもむ》き、最低限の食料を買って、根城に戻《もど》る。水は最初に専用のボトルさえ買えば、無料で汲《く》んでいけるのでありがたかった。

今日はその先を行く。シャワーを浴びるため、海水浴場まで行ったことは何度かあるけど、明るい内に行くのは初日以来だ。

　無言で手をつないだまま、海沿いを歩く。右側からは波の打ち寄せる音、左側からは車が走る音が絶え間なく聞こえた。

「島まで、行ってみる？」

「別に」

　行っても良いということだと受け取って、引き返さずに真っ直ぐ歩いた。

　やがて右手、海側に見えてきた広い芝生《しばふ》の公園を通り過ぎ、観光客向けの商店が建ち並ぶ道に入った。いまはひとがほとんどいない。繁忙《はんぼう》期は混み合ってろくに歩けないそこを悠々《ゆうゆう》と進み、右側に見えてきた植物園の入り口を通り過ぎると、正面に海と、真っ直ぐ延びる橋と、橋の先に小さな島が見えた。島の入り口に建っている真っ赤な鳥居が印象的で、背景の青い空と、緑色の島の森に、よく映えた。

　西條とふたりで、堂々と橋の真ん中を歩く。湿度《しつど》と潮を含んだ海風が、汗《あせ》をかいた身体にまとわりついた。

　橋を渡り、島までたどり着く。貝殻《かいがら》の砂浜《すなはま》を踏《ふ》みしめると、パキパキと小気味良い音がする。原生林のような、いかにも南国のような、少しひねくれた伸び方をしている木々を横目に、真っ赤な鳥居をくぐる。右手には全国的にも有名な、波状の岩の地面が広がって

いる。まるで打ち寄せてきた波が、魔法《まほう》で時間を止められたみたいなかたちだ。

「先の神社まで行く？」

「別に」

異論はないようなので、そのまま砂浜を進んだ。

島は国の特別天然記念物に指定されている、熱帯・亜《あ》熱帯の群生林であるためか、中央の森林部をさけて、海沿いを進む作りになっている。拝殿《はいでん》は、ほどなく進んだところで、島の中央部に向かって少し延びている道があり、その突き当たりにある。

おれと西條は無言でゆっくりと歩き、その拝殿までたどり着いた。

「ここ、浦島太郎《うらしまたろう》の舞台《ぶたい》って言われてるんだよ」

「知ってます」

「だよね……」

拝殿は全体的に赤を基調としており、荘厳《そうごん》な印象を受ける。しかも周囲は原生林で囲まれているので、まるで別世界に迷い込んだかのようだった。

「じゃあ、ここからまだ先に進めるって知ってた？」

「知ってます」

「……うん。だよね」

拝殿を正面にして、右を向く。

アーチ状の通路があって、そこに所狭《ところせま》しと絵馬がぶら下げられている。

そこをくぐって奥に進むと、開けた広場に出て、元宮が鎮座《ちんざ》しているのだ。元宮はほぼ島の中央にあって、原生林をすぐ傍《そば》で見ることができる。これまた拝殿とは違った雰囲気《ふんいき》があり、異国の地に迷い込んだような不思議な感覚になる。

「せっかくだから、まだ先に行く？」

隣《となり》のむすっとした西條を見下ろして言う。また「別に」と言われて、元宮まで行って、根城に戻るのだろうなと思っていた。

「やめておきます」

だからその答えは、意外なものだった。

「どうして？」

「気分じゃねぇです」

それは、元宮の裏には、縁結《えんむす》びで有名な夫婦木があることを知っているからだろうか。

西條とおれはそういう間柄《あいだがら》ではないから、ということかもしれない。

でもここで祈《いの》っておけば、神様の力でおれは西條を、西條はおれを好きになるかもしれない。それは幸せなことではないだろうか。

「そうだね、やめておこう」

西條とふたりで踵《きびす》を返した。

神様の力でなんでも叶《かな》うのなら、いますぐ自分たちを普通《ふつう》の高校生にしてくれと願うべきだ。恋愛《れんあい》して、部活して、友達とケンカして泣いて笑える、そんなつまらない高校生に。

「お腹《なか》がすきました」

「そうだね」

そして普通の高校生になったのなら、おれは西條と普通に恋《こい》をして、普通の幸せを手に入れる。いつの日か、おれたちが再びここを訪れて、夫婦木に恋愛成就のお願いをするような、そんなつまらない日が来れば、幸せだろうなと思った。

帰り道、西條は植物園に寄りたいと言い出した。

黙《だま》って西條の歩くままに従っていたら、温室へと入っていった。

天井《てんじょう》までガラス張りの、箱庭。亜熱帯の植物がびっしりと生えていて、なんならギャーギャーという怪鳥《かいちょう》の声が聞こえてきそうだった。

内部を一周する。数種類のブーゲンビリアなどを観察して、なだらかなスロープを進んで高台へ上がった。西条はそこで手すりに腰掛《こしか》け、おれのほうを向いた。

「危ないよ、そんなところ」

「大丈夫《だいじょうぶ》です。余計な心配です」

後ろに倒《たお》れたら、そのまま温室の一階まで真っ逆さま。そんな状態だった。

「気をつけてね……」

西条がなぜここに来たいと言い出したのかは分からない。だからと言って意図を尋《たず》ねるつもりもなかった。ただ西条と、西条の向こうに見える、一階で水を吐《は》き続けるマーライオンをぼんやりと見ていた。

「私、中学時代はイジメられていたんです」

それは唐突《とうとつ》な告白ではあったが、衝撃《しょうげき》的なものではなかった。

「どうしたの、急に？」

「計画を進めるにあたり、あなたには伝えておこうかと。私が、こうなってしまった理由を」

なってしまった。つまり、自分が間違《まちが》っているという自覚がある、というふうにとれた。

「イジメと言っても、それは周囲の人間が蒙昧《もうまい》で無能だったせいです。私の言葉を理解する知能をもたず、形式や表面的なことに囚《とら》われ、私を蔑《さげす》んだ。……いまとなっては、哀《あわ》れみすら感じます。結局中学は、卒業式に出ていません」

「……そうなんだ」

それ以外、言えなかった。卒業式に出られなかったことに、西條がどういう感情を抱《いだ》いているか分からなかったから。

「身体《からだ》、あんまり丈夫《じょうぶ》じゃないんだよね」

「ええ。それで中学に進むタイミングで、こちらの県内に引《ひ》っ越《こ》してきたんです」

「引っ越し？」

「そうです。私は何か特定の病気というわけではないのですが、とにかく身体が弱いんです。だから空気がきれいなこの街に。いまだって父の職場は東京で、単身赴任《ふにん》です。だから基本的には、母とふたり暮らしです。父は土日に帰ってきます」

「土日の度に？」

「毎週はさすがに。でも割と頻繁《ひんぱん》に、飛行機で」

女の子でひとりっ子で、身体も弱いとなれば、蝶《ちょう》よ花よと育てられたのが容易に想像できた。

「お父さん、なんの仕事してるの？」

その質問に、西條は直接答えなかった。

代わりにポケットを探《さぐ》り、飴玉《あめだま》を取り出した。

「ルボンの役員のひとりです」

誰《だれ》でも知っている、有名な製菓《せいか》会社だった。

「嘘《うそ》……？」

「嘘じゃねぇです」

「ごめん。さっきから驚《おどろ》きの新事実が多くて……」

改めて、おれは西條のことを何も知らなかったのだと感じる。

「お父さんは好き？」

「ええ、感謝しています。だって」

「だって？」

「いまの私の生き方は、父にならったのですから」

家族愛っていいなぁなんて、のんきに思った。

「……ちょっと待って」

だけど、と思う。

冷静に考えれば、西條の生き方は、ほっこりしていない。それを父から教わったとなれば、話は一八〇度変わってくる。

「いまの生き方って……」

「周囲の無能共に、有能な私が合わせる必要なんかどこにもねぇ、ってことです」

このときの西條は、もういつもの無表情に戻《もど》っていた。

「ある日、こちらの家に帰ってきていた父に、東京から来客がありました。わざわざ休日の、こんな片田舎にですよ？　客もどこか怯《おび》えたような顔で、何かあるなと思いました。かといって、詮索《せんさく》するつもりはありませんでしたが……偶然《ぐうぜん》、見てしまったんです」

「見てしまった？」

「はい。私は夜中にお手洗いに起きました。そして父の部屋の前を通りかかると、扉《とびら》が少し開いて、明かりが漏《も》れていたんです。なんとなく覗《のぞ》いたら、父と客がいて……」

言葉を句切り、目を閉じる西條。

当時の風景を、思《おも》い描《えが》いているように見えた。

「父が、客人に自分の履物《はきもの》を舐《な》めさせていました」

それはさぞかし、衝撃的な体験だっただろう。それこそ、トラウマになってもおかしくないくらいの。

だけど当時を回顧《かいこ》する西條は、むしろ心安らぐような、大切な思い出を語るときのような、満ち足りた表情をしていた。

「穏《おだ》やかな父が、ものすごく怖《こわ》い顔をしていました。それはショックだったのですが、だけど同時に分かったのです。父は誰よりも優秀《ゆうしゅう》だから、優秀でない誰かを傅《かしず》かせるのは自然なことだと。……私もそうです。だから、私は父がそうしたように、あなたに足を舐めるように言いました」

「そうだったんだ……」

ようやく、合点がいった。

なぜ、西條があそこまでｐｒｐｒ《ぺろぺろ》にこだわるのか、を。

ｐｒｐｒは西條にとって、二者間での力関係を象徴《しょうちょう》する、大切な儀式《ぎしき》なのだ。

「それが、大人の味なんだね」

「その通りです」

西條は平坦《へいたん》に話す。悲観も憤《いきどお》りもなく、ただの事実を述べているような口調だった。

「そんな父を見て以来、私は学校の連中を対等だと考えなくなりました。代わりに、高圧的に、私の下僕《げぼく》になれ、足を舐めろと言ってみました。……そうしたら、イジメが悪化しました」

（……当たり前だ）

「優秀な者が優秀でない者を支配する。ただの摂理《せつり》です。そんな基本的なことすら誰も理解していません。私は途方《とほう》に暮れました。……だから、シン。あなたに出会い、私はやっと正しい姿に戻れたんです」

西條は中学時代「3次元閉多様体」に関する論文を書いて、海外の有名な自然科学誌で紹介《しょうかい》された。西條に聞いたら、円をふたつくっつけると、3次元空間の球面になるように、球体をくっつけると4次元空間の球面になる、とか言っていた。

その証明自体はされているから、西條が革新的な発見をしたわけではないらしいけど、当時その意味を、価値を理解できる人間が、同級生にいただろうか？

……いるはずがない。孤独《こどく》で、退屈《たいくつ》で、寂《さび》しかったに違《ちが》いない。

だから西條は、世界に絶望した。

きっと、一度世界を諦《あきら》めたのだろう。

そんなときに、おれに出会った。他人よりも少しばかり優秀で、だけど周りに合わせてヘラヘラしているのが、許せなかった。そして、おれは西條よりは優秀でなかった。だから、西條はおれを傅かせた。おれはそれを受け入れ、悦《よろこ》び、西條を悦ばせた。

「そうだったんだ……」

だとしたら、おれたちはやはり一緒《いっしょ》にいるべきだ。

出会うべくして出会ったのだと思うから。

「話はそれだけです」

話は終わりとばかりに、西條は顔をそむける。

その横顔は、憤っているのとも違い、どこか決意に満ちているようだった。

「西條……」

感覚的に、もうすぐこの時間は終わりを告げると分かっていた。

だからその前に、どうしても伝えたいことがあった。

「計画を進めるには、君は優しすぎるよ」

西條はこちらを向いた。

「きっと君はこれからも、善意に対して非情になりきれない」

計画を、頓挫《とんざ》させたいわけではない。

完遂《かんすい》するために、いまある問題から目を背けてはいけないのだ。

「なれますよ」

「嘘だ」

「嘘じゃねぇです」

「だったら、どうしてこの五日間、あんなに哀《かな》しそうな顔をしていたの？」

西條は何も答えなかった。

変わらず、真《ま》っ直《す》ぐこっちを睨《にら》み返す。

おれも絶対にそらすまいと、ずっと見返していた。

「それは……」

顔を伏《ふ》せ、押《お》し黙《だま》る。

あの西條が無視をするでもなく、切り捨てるでもなく、言《い》い淀《よど》むのだから相当だ。

「……西條?」

だけど、少し様子がおかしいように感じた。

黙ったまま、動かない。しかしゆらりと肩《かた》は小さく左右に揺《ゆ》らめく。

明らかにおかしい……と思ったときには、西條の身体は後ろに傾《かたむ》いていた。

「っ!」

慌《あわ》てて駆《か》け寄《よ》る。

西條の身体が、柵《さく》を越えて宙に滑《すべ》り落《お》ちるのが、まるでスローモーションのように見えた。

「西條!」

手を伸《の》ばしたが到底《とうてい》間に合わなかった。ドサドサと、木々を折って、地面に落ちる音が生々しく響《ひび》く。全速力でスロープを駆け下り、落下地点へ。

西條が落ちた場所は、木々が密集する地点だった。草木をよりわけ、駆け寄る。西條は生《お》い茂《しげ》った草のベッドの上に、お姫様《ひめさま》のように眠《ねむ》っていた。

「大丈夫《だいじょうぶ》⁉」

頭を揺らさないように、抱き上げる。

顔面は真っ白だった。

「……病院は……やめてください……」

朦朧《もうろう》とした瞳《ひとみ》だが、意識はあった。

それよりも呼吸が良くなく、ひゅーひゅーと苦しそうな音を出していた。

西條を抱《かか》え、通路に出る。そこにはすでにひとが集まってきていた。救急車を手配してもらうようにお願いし、西條を芝生《しばふ》の上に優しく寝《ね》かせた。

「ダメ、です……病院は……」

「西條、時間切れだよ」

西條の手を握《にぎ》り、囁《ささや》く。

このまま病院へ運ばれれば、おれたちは親や教師に捕《つか》まってしまうだろう。

結局、なぜ西條が悲しい顔をしていたのか、その答えは得られなかったが、おれにはなんとなく察しがついていた。

「お願い、です……。母が……」

西條は、楽園追放計画の魅力《みりょく》に取《と》り憑《つ》かれ、遂行《すいこう》しようとしながらも……。いたのだ。本当は。

絶対に追放できない、愛するひとが。


西條は、市内の病院に搬送《はんそう》された。

ケガのほうは軽い捻挫《ねんざ》と切り傷で済んだ。いつも飲んでいる薬が切れてしまい、少し苦しくて朦朧としてしまい、柵から滑り落ちた。だからいつもと同じ薬を飲むと、呼吸も落ち着いた。

「無事で良かった。本当に……」

ベッドに横になる西條の傍《かたわ》らで、つぶやく。

だけど、西條は何も答えない。それは、最も恐《おそ》れていた事態になったから。

本当に大変なのはこれからだと、なんとなく気付いていた。

「理々《りり》！」

瞬間《しゅんかん》、病室の扉が激しく開かれた。

ひとりの、大人の女性が息を切らして立っている。

女性は西條を見ると、一目散に駆け寄ってくる。

そしてそのまま、西條を強く抱《だ》きしめた。

「理々……理々……！　無事で良かった、本当に……！」

目を細め、哀しそうな顔をしている西條。

やがて手を女性の背中に優しく回し、ふたりはしかと抱き合った。

「……ごめんなさいです、心配かけて」

西條のお母さんだった。

母親は涙《なみだ》を流しながら、ひたすら「良かった」とだけ繰《く》り返《かえ》す。西條も目を閉じ、じっとされるがまま。それは見たことのない、優しい表情で、同時にとても哀しそうだった。

「どうして、こんなこと……理々……」

「それは……ごめんです。だけど、何か酷《ひど》い目にあっていたわけじゃないんです。……私の、意志なんです」

それからまたふたりは、しばらく無言で抱き合っていた。

「失礼します」

そして、再び部屋の扉《とびら》が開いた。

おれは驚《おどろ》いて、扉のほうを振《ふ》り向《む》いた。

「……姉ちゃん？」

「姉ちゃん、じゃないでしょう。……まったく、何してるんだか」

予想だにしていなかった人物。

吹奏楽部《すいそうがく》の部長であり、性格、容姿、学のすべてがそろっている三年生のマドンナ的存在らしい、おれの姉。

野田小夜《のださよ》が、立っていた。

「どうしてここに？　母さんと父さんは？」

「いま向かってるんじゃない？　買い物してから来るって言ってた」

行方不明だった息子が発見されたってのに……。相変わらず自由だ。

姉は涼《すず》しい顔をしているが、急いで来てくれたのだろう、自慢《じまん》のきれいな長い髪《かみ》は、ところどころ撥《は》ねていたし、額には汗《あせ》が滲《にじ》んでいた。

「ごめん」

「別にいいけど。事件に巻き込まれたわけじゃなさそうって聞いてたし。真面目なシンがってのは、驚いたけど」

姉は放任主義な両親（と言っても、おれたちに興味がないわけではなく、そういうスタ

（ンスなのだ）に代わって、ずっと世話を焼いてくれている。表にはあまり出さないが、姉はおれのことを誰《だれ》よりも気にかけ、考えてくれている。だから、余計な心配をさせるのは、姉
本当に申し訳なくなる。

「それよりも、西條さんとお母様には謝らないと」

西條たちのほうを見る。

ふたりはまだ、黙って抱き合ったままだった。

「あの……西條さんのお身体《からだ》のほうは……」

姉が西條の母親の背中に声をかける。

すると、びくっと跳《は》ねたように身体を震《ふる》わせ、こちらを向いた。

「えっと……ひと言、謝りたくて……」

西條の母親は、怯《おび》えた目でおれたちを見ていた。

「母さん、大丈夫ですから」

西條がそう言うが、依然《いぜん》として怯えた様子のまま。どうしたものかと姉と顔を見合わせ
ると、母親がゆっくりと口を開いた。

「……やめてください」

「え？」

「う、うちの理々は、身体が弱いんです。わ……私のせいで！　だから……だからもう、こんな危険なこと……やめてください。お願いします……」

その言葉は、おれに向けられたものだった。

どうやら、おれが西條を連れて抜《ぬ》け出《だ》したというのは、知られていたらしい。目撃《もくげき》証言でもあったのだろう。その張本人が目の前にいるとすれば、いまの反応も分からないではなかった。

でも……。

「違《ちが》うです。シンは……」

「いいのよ、いいのよ理々。そのひとに無理矢理、連れていかれたんでしょ？　あなたは優しいからね。お母さんが、守ってあげるからね……」

「そうじゃなくて……」

「怖《こわ》かったよね。心細かったよね。もう大丈夫だから……」

また西條を強く抱きしめる。

子を思う母の気持ち、というのは分かるが……少し、一方的な気がした。

西條を見やる。するとこちらを見上げ、申し訳なさそうに目を伏せた。

「シン。西條さんのお母様には、またあとできちんと謝りましょう。まだ、心の整理ができていないみたいだから」

時間をおいて冷静になれば……というような案件でないことは、西條の反応を見てなんとなく察しがついていた。

だからおれと姉は、できるだけ西條親子から距離《きょり》をとって、並んでパイプイスに座った。

「シンはさ、西條さんと付き合ってるの?」

唐突《とうとつ》な質問だったが、聞かれるだろうなと覚悟《かくご》はしていた。

ここで安易な言い訳はできない。学校を抜け出して西條と生活しているときは、覚悟を決めて計画を進めようと思っていた。だから開き直って、自分たちのことは放っておいてくれと冷たく突《つ》き放《はな》せばいいのだけど、いざこうして冷静に考え、西條とお母さんの様子を見ていると、さっそく決意が揺らぐのだ。

それに、西條にとって母親は、いちばん追放したくない大切なひとだ。

西條が非情になりきれない、弱さの根本にあるもの。

優しい西條が母親を追放するのは……正直、無理だろうと思った。

「……ごめん」

「言えないの?」

「うん」

つまりのところ、とれる選択《せんたく》は、沈黙《ちんもく》。それしかなかった。

「言わないってことは、やましい何かがあると思われるよ？」

やましい何か。西條との関係は、やましいものなのだろうか？

たしかに、一般《いっぱん》的な価値観に合わせて生活できないことは、悪いことなのかもしれない。

ひとと違うことは、罪だ。

「……ま、言いたくないのなら、別にいいけどね」

姉はそれだけ言って、追求しようとしなかった。

「これだけは言っておくね。私は、シンには幸せになってもらいたい。西條さんと付き合うのなら、文句なんてあるわけない。でもね……」

姉はおれに目を合わせず、言った。

「付き合ってるなら、きちんと報告してね。こんなコソコソされたら、お祝いもできないでしょ。母さんや父さん、友達にも認めてもらって、それでやっと完成だからね」

その言葉は、胸に深く刺《さ》さった。

保健室の松崎《まつざき》先生に言われてもショックだったが、姉に言われると、さらにダメージは大きかった。

それはきっと、なんの根拠《こんきょ》もなく、姉なら分かってくれると思っていたから。

みんなに認められたくなんかない、知られたくもない。そもそも、おれたちは他人から祝福されるような関係じゃないのだと。

「花恋《かれん》ちゃん、泣いてたよ」

「……うん」

結局、おれたちは何者にもなれなかった。

すべてを追放する、強さはない。

すべての事情を話して、認めて欲しい受け入れて欲しいと主張する勇気もない。

何もかも中途半端《ちゅうとはんぱ》なせいで、たくさんのひとを傷つけ、傷ついてしまっただけだ。

こうなると、残された道はひとつしかないように思えた。

「母さん……もう、心配はかけないです。……ごめんなさい」

その後、おれは遅《おく》れてやってきた両親と家に帰った。西條と、母親を残したまま。

そして夜、西條とはＬＩＮＥで相談して……。

楽園追放計画を、凍結《とうけつ》することに決めた。

また、雨が降っていた。

六月になって、いつの間にか梅雨入りしたらしい。

担任であり化学教師である一安《いちやす》先生の抑揚《よくよう》のない声を聞きながら、ぼんやりと窓の外を眺《なが》めていた。

おれが学校に復帰してから三週間ほど経《た》った。制服は軽やかな夏服に替《か》わって、煩《わずら》わしい中間テストも終えたというのに、気分は晴れない。湿気《しっけ》をまとって、ずしりと両肩《りょうかた》にのしかかってくるようだ。心なしか照明も薄暗《うすぐら》く、自分と世界との間には、薄《うす》い皮膜《ひまく》が張られているようだった。

『部活終わったら、ゲーセン行こうぜ！』

ＬＩＮＥが飛んでくる。

三好《みよし》のほうを見ると、おれに向かってグッとサムズアップしていた。

『ごめん、しばらくは早く家に帰ったほうがいいと思うから』

だいたい、ふたりでゲーセン行っても楽しくないだろう。

いまとなっては、安丸《やすまる》さえ付き合ってくれなくなったのに。

「結合にはいくつか種類があります。中学でも習ったと思いますが……三好」

「ん？」

「結合の種類、どれかひとつ」

「くっつけるってことだよな？」

「そうです」

「うちのばーちゃん、米粒《こめつぶ》でなんでもくっつくって言ってたぞ」

一安先生の深いため息を聞きながら、安丸のほうを見た。

安丸は、我関せずといったように前を向いたままだった。

おれのことにも、そしておれと変わらず仲良くしようとする、三好にも興味がなくなったようだった。

だけど、それは安丸だけではなかった。

いまやクラスメイトのほとんどが、おれを無視している。あるいは、白い目で見ている。

なぜならおれはいま、クラスメイトを誘拐《ゆうかい》して監禁《かんきん》したヤバイやつだと思われているからだ。

（ここまで極端《きょくたん》に嫌《きら》われるとは思わなかったな……）

それにも、理由がある。西條のお母さんが学校に来て、おれが西條を無理矢理連れ去ったのだと、生徒指導室で大きな声で取り乱したらしい。それを聞いた生徒がおり、さらにおれはそのことに関して黙秘《もくひ》を続け、実際に西條は体調を崩《くず》して学校に来ていないことから、騒《さわ》ぎが大きくなった。

このことに関しては、保健室の松崎先生がかなりフォローしたらしい。

西條の母親を宥《なだ》め、落ち着かせ、説得した。

さらに広まってしまった噂《うわさ》に関しても、ふたりの事情があるから詳《くわ》しくは言えないが、誘拐なんかではないと否定して回ってくれているのだと、一安先生から聞いた。

松崎先生とは事件以降会っていないから、おれと西條のことをどう思っているかは分からない。でももし、楽園追放計画のことを打ち明けるのであれば、それは松崎先生になると思った。

左前方向の、西條の席を見る。

そこは当然のように空席で、しかし空席であるが故に、普段《ふだん》以上に存在感を放っていた。

西條の身体が丈夫《じょうぶ》ではないことは、よく知っていたはずだ。なのに、おれは連れ回した。

軽率だった。結果、体調を崩し、あんなことになった。

『噂なんか、気にしないで』

顔をあげると、宮村さんが小さくガッツポーズをしてくれた。

だけどグッと肘《ひじ》を引いたときにイスの背もたれにあたり、大きな音がする。

しかも痛かったらしく、宮村さんは肘を押《お》さえてうずくまった。

「……何してるんだ、宮村」

「ご、ごめんなさい……。ひ、肘がしびれて……」

「肘？」

「うぅ……。なんでもないです……」

宮村さんも面白いひとだ。

そして、とても優しいひと。

きっと、いちばん傷ついているはずなのに、そんな素振《そぶ》りはおくびにも出さない。直接、事件について聞いてもこない。山口《やまぐち》さんに「健気《けなげ》だねぇ」と言われても、小さく笑って何も言わないのだ。

三好、宮村さん、山口さん。みんな、いいひとだ。

いっそのこと、嫌《きら》ってくれたら楽だったのに。

机の下でツイッターを開く。

事件の日以来見ていなかったが、そこにはある程度予想通りの数字が並んでいた。

『オコじょ　フォロー：32　フォロワー：27』

減っていた。

クラスメイトの多くがおれのフォローをやめていた。

そしてフォロワーでなくフォロー数も減っているということは、ほとんどのひとがフォローを外しただけではなく、おれをブロックしたということだ。ブロックされると、強制的にフォローが解除され、相手のタイムラインを見られなくなる。

そしてその数字と比例するように、教室中の冷め切ったこの空気。

なるほど分かりやすい。西條の考えたこの指針は、おれ自身の好感度を表しているのだと、身にしみて分かる。

(まあ、もう関係ないのだけど)

楽園追放計画は、頓挫《とんざ》した。

青春不感症《ふかんしょう》であるおれの幸せは西條がいないと成立しないし、西條は、どうやっても母親を追放することはできない。となると、おれたちはこれから、世間が思う幸せってやつを、遂行《すいこう》しているふりをしなければいけない。みんなに囲まれて、笑って、部活に打ち込んだり、恋なんかしたり、青春の汗《あせ》を流《なが》しちゃったりなんか、しないといけない。

(大丈夫《だいじょうぶ》。西條に出会う前の生活に戻《もど》るだけだ)

いまは多くの友達を失ったけど、一連の逃走《とうそう》劇は西條との駆《か》け落《お》ちだと説明して、適当なときに西條と別れたことにして、宮村さんと付き合えばいい。そうすれば友人は結構戻ってくると思うし、宮村さんも幸せになれる。

『なぁ！　やっぱりゲーセン行こうぜ！』

三好のＬＩＮＥが煩わしいのだって、これまで通りのことだ。何も、変わっちゃいない。

……その、はずなんだけど。

なぜだろうか。

いまのおれには、何か大きく欠落している。そんな気がした。

放課後、部室でなんとなく、ひとりでぼうっとしていた。

宮村さんは友達に呼ばれていて、少し遅れるとの連絡《れんらく》があり、山口さんは図書委員で顔を出せないとのことだった。

よって、やることもない、やりたいこともない。

だけどたまにはこんな時間も良いかと思い、なんとなくスマホを見た。

「…………」

いつの間にか、西條からＬＩＮＥが来ていた。

逃亡《とうぼう》後、病院で別れた日の夜、ＬＩＮＥで計画の凍結を話し合ってから、連絡をとっていなかった。

けどあのときは、西條の母親が西條を見張っているような状況《じょうきょう》だったから、あまり込み入った話はできなかった。ただひとまず、計画は凍結しようと決めただけだ。

逸《はや》る気持ちを抑《おさ》えて、メッセージを開く。

メッセージは、おれが以前送った質問に対する、極めて事務的な返信だった。

西條に聞いたのは、病院で西條の母親の取り乱し方が尋常《じんじょう》ではなかったことと、西條の母親の「理々の身体《からだ》が弱いのは私のせい」という発言についてだ。このあたりは明らかにデリケートな問題だったので、実際に聞いたときはかなり言葉を選んだけど。

そして、ふと冷静になる。

おれはいま、西條の返信が来て嬉《うれ》しいと思った。

そしてそれが事務的な内容だと分かって、落胆《らくたん》した。

おかしな話だ。

落胆したということは、期待していたということだ。

ではそこにどんな言葉があれば期待通りだったのかと考えると……よく、分からなかった。

(まあ、いいや)

それよりも、ひと息で送られてきた長文の内容を確認することにした。

『母は少し、不安定です。私に対して異常なまでに過保護で、神経質なんです。そしてそれは、主に罪悪感から来ています。知っての通り、私は身体が弱いです。幼い頃《ころ》は何度か生死の境を彷徨《さまよ》ったこともあります。母はその原因が、元々身体の弱かった自分の虚弱体《きょじゃく》質を、私が受《う》け継《つ》いだせいだと思い込んでいるんです』

少し、ドキリとした。

命に関わるほど、身体が弱かった。つまり、ひとつ間違《まちが》えば、おれは西條と出会うことはなかったのかもしれない。

『私はそんなくだらねぇこと、ちっとも気にしていません。ただの時の運ですから、母を憎《にく》んだことなんか、誓《ちか》って言えますが一度もねぇです。母には何度も言いましたが、納得してはもらえませんでした』

気にして欲しくない。西條の気持ちはよく分かる。

でも、母親の立場で言えば、そうもいかないのも分かる気がした。

『それに、母が罪悪感をもっている理由は、もうひとつあります。それが、私のこの性格です。これは前に話しましたが、私は中学三年になるまでほとんど学校に行けず、ひととの接し方に関して、一般《いっぱん》的ではない価値観をもっています。私からすれば至極自然で、当たり前のことだと思うのですが、母はそれも自分のせいだと考えています。ちゃんと立派な身体で生んであげられれば、学校に行けたはず。学校に行けていれば、こうも捻《ひね》くれることはなかったのにと』

これも難しいなと思った。

西條は自分の価値観を、きちんと自分で選んで判断した上のものだと思っている。でも母親は、西條は身体が弱いことに起因して、いまの価値観をもってしまったのだと思っている。もったか、もってしまったか。ただの捉《とら》え方の問題で、結果としてはまったく変わらず、言葉が違うだけのような気もするが、コインの表と裏のように、いちばん近くにありながら一生交わることはないかもしれない。

『今回のことで、母には多大なる負担をかけました。シンの言う通り、私は計画を推進しながらも、心の奥底では母は追放できないだろうなと思ってたです。けど、追放する必要もないと思っていたんです。だって学校のなかでいくら横柄《おうへい》な態度でいようと、母には分かりませんから』

(やっぱり……。そういうことか)

普段はあれだけ表立って計画を進めてきた西條が、学校の外に飛び出した瞬間《しゅんかん》、急に不安げな様子になったのはそういうわけだ。学校は文字通り西條にとっては箱庭で、そのなかで暴れる分にはなんの問題もなかった。でもおれが西條を学校の外に連れ出したことで、問題が母親に知られてしまった。そして、西條は母親を絶対に切ることができない。

「おれのせいだ」

そう思った。

勢いに任せて西條を連れ出してしまったから。

『言っておきますが、あなたまで「自分のせいだ」とか自惚《うぬぼ》れた考えをもつのはやめてくださいね。シンが私を誘《さそ》ったのだとしても、嫌だったら拒《こば》んでいます。私はあなたなんかワンパンなんですから。あのとき、私が外に出たのは私の意志です。私が考えて決めたことです。あなたにどうこう言われる筋合いはねぇですから』

やられた。どうやら西條には、おれの考えがお見通しらしかった。

なんだか面白くて、思わず小さく笑う。

たった三週間くらい会っていないだけで、しかも直接やりとりしているわけでもないのに、とても懐《なつ》かしいような気がした。

『ありがとう』

『これからもお互《たが》いに、うまくやろう』

メッセージはすぐに読まれたようだった。

返信はないが、別に構わなかった。

(宮村さん、迎《むか》えに行こうかな)

西條との契約《けいやく》は終わりに向かっているけど、関係が切れたわけじゃない。これからも同じ部活で、同じクラスで、それなりに関わり合って生きていくことになると思うから。

そう考えると、少し晴れやかな気分になった。

スマホをしまい、立ち上がる。

そして埃《ほこり》っぽい放送室の扉《とびら》を開けて、外に出た。


変わらず雨は降り続いていた。屋根のない四階の渡《わた》り廊下《ろうか》を避《さ》けて、教室棟《とう》へと渡った。

階段を上り、再び教室のある四階へ行くと、ひとは少なく閑散《かんさん》としている。

ずらっと並んだ一から七組の前を通り、奥の八組までやってきた。

「いましかないって!」

教室に入ろうとして、やめた。山口さんの声が聞こえてきたから。

「そう、かもしれないけど……。でも、西條さんに悪いよ……」

続けて宮村さんの声。さらに、西條の名前も。

こっそりと、なかを覗《のぞ》き込む。

そこには教卓《きょうたく》の周りで話し込む、山口さんと宮村さんがいた。

「理々ちゃんがいないいま、野田っちにアピールするチャンスなんだよ。花恋には幸せになって欲しいんだよね」

「それは、嬉しいけど……。でも、いいの？」

「何が？」

「理々ちゃんのこと、応援《おうえん》しなくて」

「いいんだよっ。……というか、理々ちゃんのためにも花恋に頑張《がんば》って欲しい」

「どういうこと？」

山口さんは、いつもの明るいトーンと違い、落ち着いた口調だった。

「理々ちゃんは、野田っちとは幸せになれない。……野田っちとは、花恋が幸せになるべきだ」

「どうしてそう思うの？」

「それは……」

意味ありげに黙《だま》り込む山口さん。

言うべきかどうか迷っているように見えた。

「……って、まあそれはいいじゃないっ！　とにかく花恋が頑張れば、みんな幸せになれるんだからっ！」

結局、自分のなかに留《とど》めておくことにしたらしい。

山口さんが何を考えているのか……。正直、おれは少し不気味に感じた。

「ていうか、あたしは基本的に中立。いま理々ちゃんが一歩リードって思ってるから、こうして花恋の背中を押《お》してるんだよ」

「やっぱり、私負けてる、よね？」

「そうだねぇ……。しかもライバルは理々ちゃんだけじゃないでしょ？」

「それは……」

「今回の件で誤解されてるけど、それが解けたらまた女子で取り合いになるよ。野田っち、顔は悪くないし、歌は超絶《ちようぜつ》うまいし、頭いいし、メガネだし。あと、なんたって王子だし。あとメガネだし」

（メガネは関係ない。あと王子はやめて）

「いましかないんだよ」

宮村さんはさっきから黙っているけど、それは揺《ゆ》れているからだと分かった。

別に西條が学校に来られないのは宮村さんのせいではない。抜《ぬ》け駆《が》けみたいな気がする、というのは分からなくもないけど、そんなことを言ったら、これからの人生、すべて他人に譲《ゆず》らなくてはいけなくなる。

「……分かった」

宮村さんは覚悟《かくご》を決めたようだった。

「それで、どうすればいいと思う？」

「とりあえず、押し倒《たお》したら？」

「ええ⁉」

「花恋は奥手だし、それくらいを目標にしたほうがいいって」

「本気で言ってるの⁉」

「ところで、アレってコンビニで買えるよね？」

「……アレ？　アレって……何？」

「アレは、アレだよ。ほら、男子がよく財布に入れてる」

「財布に？　……お守りとか？」

山口さんは宮村さんに耳打ちをした。

「えぇ⁉」

後ずさる。

両手で口元を覆《おお》うようにして。

「そ、そんなの恥《は》ずかしくて買えないよ！　というか、使わないって！」

「使わない!?　……そりゃ、生のほうが気持ちいいらしいけど、身体《からだ》は大事にしよ？」

「っ!?　そういう意味じゃないよ〜！」

もう、無茶苦茶だった。

（押し倒せと言った人間が、身体を大事にしろって矛盾《むじゅん》してないか？）

「うーん、やっぱり花恋にはちょっとハードル高かったかぁ」

「高いよっ！　高すぎるよぉっ！」

「ごめん、花恋。あたし、ちょっと冷静になるね」

「私も……。というか、なんでこんな話に……」

少し経《た》って冷静になったのか、どうやってアピールするかの会議は、地に足のついた話になっていった。

「じゃあ、今日傘《かさ》もってきてる？」

「折りたたみ傘ならあるけど……」

「じゃあ、それで野田っちに送ってもらいなさい。ぶぃっ」

Vサインをする山口さん。

それは悪くない案だと思った。

「野田っちは自転車通学でしょ。だから傘はもってない。自然とふたりで同じ傘に入ることになる」

「でも野田くん、レインコートがあるよ？」

「レインコートなんて、あかねちゃんが許さない。ダサイし。隣《となり》で歩かれたら最悪」

（ごめん、ダサくて。いつも使ってる）

「……本当に？　やるの？」

「マジもマジ。マジマジマジカルだよ」

山口さんに言われて、黙ってしまう。

どうやら、観念したらしかった。

「……分かった」

話はまとまったらしい。

しかし、おれがレインコートをもっている以上、レインコートを着ないのは不自然だ。

……どうするべきか。

（忘れたことにするか）

忘れたのなら登校のときはどうしたのかという話になるが、きっとそこまでは突《つ》っ込《こ》まれないだろう。

おれたちには、言えないことが多すぎた。

部室ではバンドの練習をしているので、アドバイスを送るという名目で自然と会話することができる。

だけど、いまはそうもいかない。

フリートークとなると、途端《とたん》に話せることがなくなる。先日の逃亡《とうぼう》劇については、宮村さんは気を遣《つか》って触《ふ》れてこないし、その話題を置き去りにして他の話をするのも、至極不自然だったからだ。

ぽっかり空いた、ふたりの距離《きょり》。

その間には激しい雨が降って、気まずい沈黙《ちんもく》を埋《う》めてくれていた。

「野田くん、もう少し、なかに入ったほうがいいよ」

「……うん。ありがとう」

そうは言うが、ほんの少し内側に寄っただけだった。

おれは自転車を押しているので、宮村さんが傘をもってくれている。

宮村さんはおれを雨から守り、自分の左肩《ひだりかた》が濡《ぬ》れることは気にしていないようだった。

それからも、しばらく無言で歩いた。

裏門を抜け、あぜ道と住宅街を通る。平坦《へいたん》な道が続いていた。

「安丸も、家近いらしいんだよね」

「そうなの？」

「うん。行ったことないし、行かないと思うけど」

他意はなく言って、笑って見せた。

でも、宮村さんは笑うどころか、哀《かな》しい顔をした。

「あ、ごめん。おれは別に気にしてないから」

安丸と関係が切れて気にしていない、というのは本当だった。

でも、気にしていないと答えるのは間違《まちが》っていたかもしれない。

普通《ふつう》、こういうときは、ショックだと思うから。

「野田くんは……」

小さく呟《つぶや》いて、言葉を句切った。

おれは何も言わず、黙って待っていた。

「西條さんと、付き合ってるんだよね？」

驚《おどろ》いて、足下の水たまりに足を突っ込んでしまった。

「大丈夫《だいじょうぶ》⁉」

「う、うん。平気」

だけど、ちょうどいいかもしれない。

本当のことは話せないけど、話せない、ということはきちんと伝えておいたほうがいい気がする。勝手な考えだけど、それで納得してもらえれば、こんな窮屈《きゅうくつ》な空気をとっぱらうことができるかもしれない。

「付き合ってないよ」

主張を変えることはできなかった。

実は付き合っていました。逃亡したのは駆《か》け落《お》ちです。だけどもう別れました。だからおれと付き合ってください。

次、西條に会って、本当に計画を捨てて一般《いっぱん》人として生きていくという最後の意思確認ができたら、そうするつもりだ。

「いま、は？」

「え？」

「いまは付き合ってない、ってことかな？」

「……そうだね。これからは、どうなんだろうね」

これも、本当の気持ちだ。

西條のことをきちんと好きになって付き合えたら、いちばんいいのだとずっと思っている。だけどそんな未来が来るというのが、おれには想像できなかった。

「そうじゃなくて……」

「違《ちが》うの？」

「前は、付き合ってた？」

……どういう意味だろうか？

「西條さんを保健室に連れていったこと、あったよね」

「うん」

「野田くんもいたんだよね？　……カーテンのなかに」

確信めいた、声だった。

「……うん」

嘘《うそ》を言っても、無駄《むだ》だと思ったので、正直に答えた。

申し訳なさ、後ろめたさ、罪悪感。おれに湧《わ》き上《あ》がるのは、そんな感情ばかりだ。

「……くちゅっん」

宮村さんは、緊迫《きんぱく》した空気を吹《ふ》き飛ばすような、かわいらしいくしゃみをした。

見ると、宮村さんの左肩から浸水《しんすい》し始めた雨は、白いワイシャツをぐっしょりと濡らしていた。

「ほら、ちゃんと傘に入らないから」

ビニール袋《ぶくろ》で包まれたカゴの鞄《かばん》からタオルを取り出し、宮村さんに差し出した。

「ありがとう……」

宮村さんは受け取ろうとして、手を伸《の》ばす。

だけどそのとき、おれは気付いてしまった。

「……あ」

「どうしたの？」

「その……」

紳士《しんし》的に、目をそらす。

それで宮村さんは、シャツが透《す》けて、黄色い下着が見えていることに、気がついた。

「きゃっ！」

慌《あわ》てて、両手で身体を抱《だ》くようにする。

そうすることで傘は宮村さんの手を離《はな》れ、転がる。

遮《さえぎ》るもののなくなったふたりに、大粒《おおつぶ》の雨が降り注いだ。

「ごめん！」

「ごめんなさい！」

自転車を止め、慌てて傘を追いかける。

取《と》り戻《もど》した頃《ころ》には、すでにずぶ濡れだった。

「私、昔からこうなの。ドジだし、よく余計なこと言っちゃうし」

「う、ううん。大丈夫。仕方ないよ……」

何が仕方ないかは分からなかったけど、ひとまずそう言っておいた。

「見苦しいもの、見せちゃったね……」

「そんなこと、ないけど」

「だ、だけど、今日は上下そろってないから、余計に恥ずかしいっていうか……」

「え？」

（……いまのこそ、君の言う余計なひと言だと思う）

思わずおれも反応してしまったので、雨の音が大きくて聞き取れなかった、ということにはできなかった。

「あっ……！　ち、違うのっ！　いまのは、上下とも見せるつもりがあるとか、そんなんじゃなくて！」

（宮村さん、語るに落ちてるよ）

「っ〜！」

顔を真っ赤にして、目にはうっすら涙《なみだ》を浮《う》かべ、唇《くちびる》を真一文字に結んだ。

何も言わないことが、いちばん失言をしなくてすむ最良の手だと気付いたらしかった。

フルフルと小刻みに震《ふる》え、怒《おこ》っているようにも見えた。

「帰ろうか」

もう、この話には触れないほうがいい。

それがいちばん、宮村さんを傷つけずにすむ。

そう思い、促《うなが》すために軽く背中を押《お》した。

「んあっ……」

すると、妙《みょう》に艶《なま》めかしい声が出た。

「……えっと」

固まったまま動かない。

もう一度、背中を軽く触《さわ》ってみた。

「あっ……んん……」

やはり、小さく嬌声《きょうせい》をあげる。

顔はやはり真っ赤だけど、先ほどと違い、目は少し虚《うつ》ろだった。

「……待って」

いつの間にか身体《からだ》の緊張《きんちょう》は解かれ、恥《は》ずかしそうにするどころか、深刻に思《おも》い悩《なや》んでいるような顔をしていた。

一瞬《いっしゅん》での変わりように、おれは少したじろいだ。

「違わない、かも」

「え？」

「あ、さ、いまの、意味……。その、下着が上下そろってないって……」

思い悩んでいるのではなかった。

極度に緊張して、不安で、全身にガチガチに力が入って、言葉を必死に紡《つむ》ぎ出そうとしていたのだと分かった。

「で、でも、上下違うのは、やっぱり嫌《いや》。だから……着替《きが》えるね。どっちにしても、風邪《かぜ》ひいちゃうから」

今度はおれが、言葉に詰《つ》まり、何も言えなくなった。

「野田くんもシャワー浴びないといけないでしょ」

「平気だって。それに、家、厳しいんでしょ？　両親もいるだろうし」

「いないよ」

「へ？」

「今日は家に、誰《だれ》もいないの……」

傘《かさ》をもっていない左手で、きゅっとワイシャツの裾《すそ》を摑《つか》まれる。

下着の透けた上半身を、隠《かく》すことをやめて。

「西條さん、には、負けたくない」

「負けるとか、負けないとか……」

「負けたくないの！」

決意は固いようだった。

「えっちなことするって言いながらも、結局あんまりできてないし……。私、身体だけは、自信あるんだよ？　その……西條さんよりも」

「だから、西條とおれは……」

「何もないって、言える？」

言えなかった。

間違《まちが》いなく、おれと西條は、他人よりも近しい位置にいる。それが恋人《こいびと》という名前でなかったとしても、今度絶対にそうならないとは言い切れなかったし、恋人よりも親密な関係だとも、言えるかもしれない。

宮村さんを見つめる。

互《たが》いに目を合わせ、しばらく黙《だま》っていた。

「あのね、野田くん。ちょっとコンビニに寄っていいかな?」

おれは宮村さんに、一度会っただけでラブレターをもらった。

引っ込み思案で穏《おだ》やかだけど、覚悟《かくご》が決まったら絶対にひかない。そんな強い心をもった、素敵なひとだ。


宮村さんの部屋は、いい匂《にお》いがした。

お香《こう》でも焚《た》いているのか、さわやかな森のなかみたいな薫《かお》りが漂《ただよ》っている。心の落ち着く、上品な空間だった。

きれいに整理もされていて、それほど広くないのに、すっきりしている。洋服ダンスと、鏡台と、勉強机。それに、ベッド。本棚《ほんだな》には参考書類と、意外にも漫画《まんが》が並んでいた。少女漫画が多く、ほとんどが知らないタイトルだった。

「……どうして、こんなことに」

おれはいま、宮村さんの部屋でひとり、ベッドに腰掛《こしか》けていた。Tシャツにパンツ一枚、という格好で。

まっさらのシャツと下着は、コンビニで買った。体育着を着るという手もあったけど、汗臭《あせくさ》いのはさすがに失礼だと思った。雨に濡《ぬ》れた制服や下着は、宮村さんの家のドラム式洗濯機《せんたくき》に放り込んだ。

……とにもかくにも、落ち着かない。

帰り道、雨に濡れて女友達の家に上がり込むだなんて、なんともベタな展開だなと自嘲《じちょう》する。だけれども案外、こんなものなのかもしれない。

「どうするか……」

と、のんきに考えてばかりもいられない。

宮村さんがシャワーを浴びて戻ってくるまでに、これからのことを決めなければならない。

本音を言えば、面倒《めんどう》はごめんだった。

(嫌とか、そういうのじゃないんだけど)

何より、おれの覚悟ができていないのが問題だった。

宮村さんとそういうことをすれば、宮村さんと付き合わざるを得なくなる。つまり、楽園追放計画は、完全に消える。現状そうなりつつあるが……もう一度だけ、西條と連絡《れんらく》をとりたかった。

スマホを手に取る。昼間に送ったメッセージに返信はないかと。

あまり期待はしていなかった。

だけど……。

（来てる……？）

ＬＩＮＥの画面を開いた。

『帰り、ゴマだれ買ってきて～』

姉だった。

（なんだよ……）

『ゴマだれ～』

（分かったから……。変な期待をさせておいて……）

と、そのとき、手のなかでスマホが震える。

また姉かと思って、画面を確認した。

「あっ」

西條だった。

今度こそ、間違いない。

逸《はや》る気持ちを抑《おさ》えて、メッセージを開いた。

『私たちは、どこにも行けません』

それは、敗北宣言だった。

慌《あわ》てて、西條に電話する。

1コール、2コール、3コール……出ない。

鳴らし続け、6コールになったところで、留守番電話になった。

「どうして……」

想像には、難くなかった。

きっと母親だろう。四六時中一緒《いっしょ》にいて、西條も精神的に滅入《めい》っているのだ。

あれだけのことをしでかして、元々不安定だったのがさらに不安定になったと言っていた。父親も急がしくて、ずっとこちらにいるわけにいかないと。

そして、そんな不安定な母親を身近に見続けて、心が疲弊《ひへい》してしまった。これ以上、母親を心配させるわけにはいかないと、計画を諦《あきら》める決心がついたのだ。

(だったら、もういいのかな……)

おれも、これ以上姉や宮村さんに心配をかけるわけにはいかない。

どうせ計画を再開したところで、おれたちに誰かを追放する強さがないことは分かったのだ。

であればもう、道はひとつしかないように思えた。

「……お待たせしました」

部屋の扉《とびら》が開かれる。

不意打ちだったので、身体がびくっと反応する。

顔をあげると、そこにはシャワーを浴びてきた宮村さんがいた。

いつものお嬢様《じようさま》結びを解いて、少し雰囲気《ふんいき》が違《ちが》った。

……だけど、そんなことより。

「み、宮村さん？　……どうして、服、着てないの……？」

上下黒色の、レースの下着姿だった。

「あ、あんまり見ないで。恥ずかしくて、倒《たお》れそうだから」

バスタオルすら、巻いていなかった。

豊満な胸と、きれいなくびれが、遮《さえぎ》るものなく、直接目に飛び込んでくる。

両手は後ろに回し、身体を隠そうとすらしていない。時折、手がかすかに動いて、隠したい気持ちと葛藤《かっとう》しているのは分かった。

でも宮村さんは、上下そろった下着姿を見せると言った。だからその約束を律儀《りちぎ》に果たしているのだ。

目にいっぱい涙《なみだ》を溜《た》めて、泣きそうになりながら。

「いいよ、無理しなくて」

「え?」

「恥ずかしいでしょ。気持ちだけで、十分だから」

おれはなんだか申し訳なくなって、ベッドの上にあったタオルケットをもって立ち上がり、宮村さんの肩《かた》にかけた。

だけどその行動は、紳士《しんし》的だとはとられなかった。

「……野田くんは」

「うん?」

「野田くんは、私のこと、嫌《きら》い?」

なぜか、泣きそうな顔だった。

今度は恥ずかしいからとは違う。

哀《かな》しくて、泣きそうだった。

「そんなこと、ないけど」

「だったら！」

宮村さんは、声を荒《あら》らげた。

こんなことは初めてで、おれも戸惑《とまど》う。

どうすればいいか、何がいけなかったのかを考えていたら……。

そのまま、ベッドに押《お》し倒された。

「み、宮村さん……？」

何も抵抗《ていこう》できないまま、組《く》み敷《し》かれる。

涙があふれ、おれの顔に滴《したた》った。

不謹慎《ふきんしん》かもしれない。だけど、なだらかで素晴らしい曲線美に、黒い下着が映え、それでいて涙を流している宮村さんを、きれいだと思った。

「お願い……して」

涙が、もっと流れた。

そうなるとおれの心は、どんどん冷静でなくなっていった。

きれい、なんてのんきに考えていた気持ちは宮村さんの涙で流され、初めからあった「申し訳ない」という気持ちが、さらに大きく、おれの心を占有《せんゆう》した。

そして申し訳なさが大きくなるほど、焦《あせ》りも募《つの》っていった。

なぜなら、これだけ宮村さんに哀しい思いをさせておきながらも、理由がまったく分からなかったから。

「どうして、泣いてるの？」

だから、素直に聞いてみた。

きっとこれからおれは、宮村さんとそういうことをすると思っていたし、その行為《こうい》が終わったら、やっとふたりは恋人になれるのだと思っていた。短いようで長かったと、少し感慨《かんがい》深いななんて思いが、頭をよぎったりもした。胸に閊《つか》えていた申し訳なさだとかも取《と》っ払《ぱら》われて、むしろ清々《すがすが》しい気持ちになれると思っていた。

「どうしてか、分からない？」

「分からない」

また、正直に答える。

今度こそ、宮村さんは諦めたように、口を開いた。

「野田くん、私に興味ないでしょ」

心臓が冷えた。

どこかふわふわと宙を漂《ただよ》っていたおれは、その言葉で身体《からだ》に戻《もど》った。がっちりと、はま

った気がした。目の前で起きていることを、きちんと自分を主体として認識した。危機感が生まれた。

「どう、して……？」

「見てたら分かるよ。野田くんが好きなのは、西條さんだもん」

自分の青春不感症《ふかんしょう》が、バレたわけではなかった。

でも、いまはそんなことは問題ではない。

「私じゃ、ダメ、なんだよね？」

そのひと言で、おれの心には罪悪感があふれ、息ができなくなった。

「……おれたちは、どこにも行けないんだ」

ふと、さっきの西條の言葉が口からあふれた。

他人を意識的に傷つけて、自分たちの幸せを貫《つらぬ》く強さはない。

もちろん、自分たちのすべてをさらけ出して、他人に理解を求める勇気もない。

だから、心を殺して、すべてを諦めて、生きていこうと思った。

……でも、結局、それもできなかったのだ。

これまでは、平気だったはずなのに。

自分のことを理解してくれる西條と出会い、共に過ごし、その甘《あま》さを知ってしまったから。

目の前にいて、必死におれを求めてくれる宮村さんには、何も感じない。

ただただ、申し訳ないという感情以外は、何も湧《わ》いてこないのだ。

「どこにも、行けないんだ……」

「野田くん……」

宮村さんが、ふわりと覆《おお》い被《かぶ》さってくる。

そして、おれの胸に抱《だ》きついてきた。

「野田くんの心音……すごく、落ち着いてるね」

「……うん」

「私には、野田くんの気持ちが分からない。……だからこそ、分かりたい。教えてくれない？」

おれはベッドの上で、首をふった。

「……ごめん」

「そう……」

宮村さんは追求してこなかった。

「でも私、野田くんの力になりたいの」

「うん」

「なんでもするから。都合のいい存在でもいい」

おれはこんなにも、宮村さんに酷《ひど》いことをしている。

なのにこれ以上、迷惑《めいわく》なんてかけられないと思った。

「必要だったら、私を利用して。それが私の幸せだから」

そんな幸せは、おれには理解できなかった。

だが、宮村さんがそう言うのなら、頼《たよ》るべきかもと思った。

だっておれたちも、誰《だれ》にも理解されない幸せをもっていて、理解しなくてもいいから、尊重して欲しいとずっと思っているから。

そういう意味では、きっと宮村さんも普通《ふつう》ではない。

普通ではない同士だけど、おれたちは分かりあえないのだ。


翌朝、目が覚めると、見慣れた自分の部屋だった。

起きた直後はなんだか判然としなかった。だがいまこうして頭がクリアになってくると、昨日あった色々なことを思い出してくる。

結局あのあと、宮村さんと抱き合ったまま眠《ねむ》ってしまった。

気付いたときにはもう二十一時前で、雨もあがっていた。おれは同じく寝《ね》てしまっていたらしい宮村さんを起こして、すっかり乾《かわ》いていた制服に腕《うで》を通し、全速力で自転車を飛ばして帰ってきた。

姉からはすごく怒《おこ》られた。

おれが頼《たの》まれたゴマだれを買い忘れてしまったせいで、生野菜のサラダを、主に姉が苦手なフレッシュトマトを、至極ナチュラルな味わいのままいただかなくてはならなったことに対して、怒られた。

もちろん、そんなことはただの建前で、おれの消息が分からないのが心配だった、というのが本音なのは分かっていた。だから、甘んじて受けた。

スマホを確認する。時刻は十時過ぎ。今日は土曜日だ。

特にやることもない。一日、部屋でのんびりしてることにしよう。

「わっ⁉」

と思ったら、いきなりスマホが震《ふる》えた。

相手は、西條だった。

「も、もしもし⁉」

飛びつくように、応答ボタンを押した。
『もぎりますよ』
何をだろう？　怖《こわ》くて聞けないけど。
『さ、西條？』
久しぶりに聞いた、西條の声。
だけれど明らかに怒気《どき》を含《ふく》んでいたし、理由に心当たりもなかった。
『いまどこですか？』
「え？　家、だけど……」
無言だった。マジで怖かった。
「ど、どうし」
『二十分以内に来いです』
『一秒でも遅《おく》れたら八《や》つ裂《ざ》きにして鯉《こい》のエサに混ぜて地面に埋《う》めます』
ブツン。
切られた。
「エサに混ぜたら、せめて鯉に食べさせてよ……」
意味が分からない。

来いと言われてもどこに行けばいいのか、何のことだか分からない。待ち合わせの約束なんて、した記憶《きおく》はないのだけど……。

「え」

西條のＬＩＮＥを見て気付いた。

そこには昨日の夜、おれが西條に、メッセージを送ったことになっていた。

『会いたいです』

『明日の十時に、野鳥広場でどうでしょう？』

宮村さんだ。

すぐに分かった。きっと、おれが寝てしまったあと、おれのスマホから送ったのだろう。

西條から返信のメッセージはなかったが、読まれた形跡《けいせき》があった。

「どうしてこんなこと……」

理由は分からなかったが、おれの背中を押してくれたのだろう。実際、おれは西條にずっと会いたかった。

（けど、野鳥の広場まで二十分。……二十分かぁ）

無理かもしれない。

二十分で着いた。

しかも、着替《きが》えを含めての時間で。人間やればできるのだと思った。

野鳥の広場の前に自転車を急停車させ、ふらふらとした足取りでなかに入る。

おれが宮村さんに告白の返事をしようとした場所であり、西條と契約《けいやく》を結んだ、忌《い》まわしくも懐《なつ》かしい場所。同じ公園内には、ライブを成功させた市民ホールもある。

ここを指定したのは宮村さんだけど、何かと因縁《いんねん》深いこの場所でなら、新しい道が拓《ひら》けるような気もした。

「お、お待た……はぁはぁ……しました」

広場中央で、こちらに背を向けて座っている少女に声をかける。

顔は見えなかったけど、中学生みたいな小さな背中に、肩《かた》上で切りそろえられた後《うし》ろ髪《がみ》。

間違《まちが》いなかった。

「……チッ」

久しぶりの再会は、振《ふ》り返《かえ》ってからの舌打ちだった。

だけど、憎々《にくにく》しそうな顔とか、スマホを出して秒単位で時間をチェックしているところとか、じゃりパンを食べているところとか、ああ西條だなぁとしみじみ感じて、嬉《うれ》しくすらなった。

「まああですね」

西條は面倒《めんどう》くさそうに、緩慢《かんまん》な動きで立ち上がる。

こちらを向いて、風になびく黒い髪《かみ》をかき上げ、薄《うす》い緑のワンピースの裾《すそ》をしっかりと押《お》さえた。

「久しぶり。身体はいいの？」

「別に」

愛想がないのは元気の証拠《しょうこ》。西條に限っては。腕に巻いていた包帯もなく、すっかり元通りのようだ。

「ごめんね、待たせて」

「本当にです。呼び出してレディを放っておくなんて、ケンカ売ってるんですか？」

「そういうわけじゃ……」

「いいですよ。最近、むしゃくしゃしてるんで、相手してあげます。あなたなんか、ワンパンですけど」

ファイティングポーズをとる西條。壊滅《かいめつ》的な運動音痴《おんち》のクセに、どこからその自信が湧いてくるのか。

「ていうか、なんですあのＬＩＮＥ。切られた不倫《ふりん》相手に女々しくすがりつく四二歳独身サラリーマンみたいでキモいです」

「ぐ、具体的だね……」

「昨日のドラマがそんな感じでした」

ＬＩＮＥを送ったのは宮村さんだけど、いまは言わないでおくことにした。西條に会いたかったのは本当だから。

「こっちは貴重な休日に時間を割いてやってるんです。感謝しろですよ」

気のせいかもしれないけど、西條はいつもより饒舌《じょうぜつ》な気がした。

「で、何の用ですか？」

「ただ、西條に会って話がしたかった、じゃダメかな？」

「ダメじゃねぇですけど、キモいです」

「キモくてもいいから、愚痴《ぐち》を聞いて欲しい」

「いいですよ。バカにしてあげます」

おれは広場の端《はし》の柵《さく》まで歩き、身を乗り出して池のほうを見た。

まだ梅雨は明けていないけど、今日は吹《ふ》き抜《ぬ》けるような青空だ。

「宮村さんに言われたんだ。私に興味ないでしょ、って」

西條の顔は見ていなかった。

驚《おどろ》いているのか、本当に興味がないのかは分からなかったけど、きっと無表情だ。

「どうして？　って聞いたら、野田くんが好きなのは西條さんだもんって」

「好きなんですか、私のこと？」

振り返った。

茶化すでもなく、純粋《じゅんすい》に疑問として聞いた。そんな感じだった。

「……好きだよ。ご主人様として」

「たりめーです」

恋《こい》ではない。

だけど、ただの劣情《れつじょう》でもない。

きっと、愛着。それがいちばん近い気はする。

「でも、おれには西條しかいない。これは本当にそう思った」

「なぜです？」

「やっぱり、何も感じなかったんだ。宮村さんに襲《おそ》われても」

「襲われた？　あの、宮村花恋に？」

「うん」

珍《めずら》しく、素直に驚いている。だが……。

「……いえ、宮村花恋なら、するかもしれませんね」

普段《ふだん》のイメージからは想像しにくいけど、ラブレターの件や、デート中に胸を触《さわ》らせてきたことを考えると、むしろ自然な気もした。

思うに、彼女は自分にとって何が善で、悪で、幸せで、不幸せなのかを知っている。そしてその基準に従って、常に正しくあろうとする。正しく、あれる。きっと、そんなひとだ。

「すごく申し訳なくなった。哀《かな》しくなった。そうしたら、西條に会いたくなった」

西條の顔を見る。

おれは恥《はじ》も外聞もなく、女々しい気持ちをぶつけた。

「おれ、これからも西條と一緒《いっしょ》にいたい。……計画を諦《あきら》められない」

抱《いだ》いている感情に名前をつけることもできないくせに、一緒にいたいという気持ちだけはハッキリしていた。名前がなくとも、愛することができるように、ただおれはその感情を大事にしたいし、いつかは名前をつけてあげたいと思った。

西條は何も言わない。

いつもの無表情で、考えが読めない。

だけど、ひときわ強く吹いた風に、髪もワンピースも押さえることもしなかったから、心のなかでは何かしらの思いが渦巻《うずま》いて、暴れているのだと思った。

「……何を」

しばらく経《た》って、西條はようやく口を開いた。

小さな、風に攫《さら》われそうな声。

西條は一度、その言葉を飲み込んで、再度口を開いた。

「何を、勝手なことを」

そりゃ、勝手に決まってると思った。

これはおれの気持ちだから。

押しつける気もないし、西條の気持ちだってきちんと聞きたい。

「分かってる。だけど」

「本当に分かってますか？」

「え？」

「計画を再開する。つまりそれは、私に母を見捨てろということですよ」

怒《いか》りだった。

普段、おれに向ける苛立《いらだ》ちや呆《あき》れからくるものとは違《ちが》う、明確なもの。

静かに、だけど激しく燃え盛る、鋭《するど》い感情だった。

「だけど、元々計画を決めたのは西條だろ？」

西條は、少し言《い》い淀《よど》んだ。

「たしかに、最初は追放してもいいと……追放したいと思っていました。母のことは大好きですが、つらくなることも、やっぱりあります。……でも！　すぐに思い直しました。母の前でだけは、これまで通り、母の思う幸せな高校生でいようと」

つまりそれは、おれがこれまでずっと、やってきたことだった。

相手に合わせ、ニコニコ笑い、私は幸せですよという顔をする。自分の心に嘘《うそ》をついて。

そんなおれを西條は否定し、腹が立つと言った。

それは、自分も母親の前では同じだったからだ。

おれたちは、最初から同じだったのだ。

「だいたい、あなたは宮村花恋や野田小夜を追放できるんですか？」

「おれの心配してくれるの？　西條らしくないね」

「茶化すなです！」

「……追放はできないよ」

「はんっ。だったら、どうやって計画を遂行《すいこう》するんですか？」

「そんなの、分からない。だけど、西條ナシなんて考えられないんだ。最初に言い出したのは西條なんだから、責任をとって欲しい」

とんでもないことを言っているのは分かっている。

だけど、西條との関係を諦めるのも、みんなを追放するのも、どちらも無理なのだ。

「無茶苦茶なことを言うなです。ていうか、あなたはいつもそうですよね」

「何が？」

「言うだけ。考えるのはいつも私です。宮村花恋とのデートだって、あなたはほとんど私の案通りに動いただけです」

おれは当時のことを思い返してみた。

……そうしたら、なんだかだんだん、腹が立ってきた。

「それは……違うと思うけど」

「違う？」

「たしかに、色々西條は考えたよ。でも、ほとんど役に立たなかった」

「……へぇ？」

「噴水《ふんすい》の池に突《つ》き落《お》とせとか、とんでもない案だったじゃないか」

「どこがですか？」

「それが分からないって時点で、とんでもないよね」

「なんですって？」

「というか、西條はいつもとんでもない。常識がない。ことの始まりだって、西條がおれのラブレターを盗《ぬす》んだことでしょ？ ……考えても、普通《ふつう》実行しないよ」

「まさかあなたに普通を教わるとは思いませんでした」

「それとこれとは話が別だよ」

「私の足を舐《な》めまくって発情することも、別なんですね？」

「そうだよ！」

「大衆の面前で、同級生をお姫様《ひめさま》抱《だ》っこしちゃうのも別ですか？」

「別だよ！」

西條と睨《にら》み合った。

どちらも一歩も譲《ゆず》らない。

というか、いつの間にか計画とはまったく関係のない、ただの罵倒《ばとう》になっていた。

「西條はとんでもない上に、雑なんだよ」

「へぇ？ そうなんですか？」

「部室でお菓子《かし》食べ散らかしてるでしょ？ それは別にいいんだけどさ、だったらゴミ捨てくらい行ってよ」

「あなたこそ、たまにひとりで、部室でカップラーメン食べてますよね？　あれ、容器の匂《にお》いが残るんです。だから、その責任をとってあなたが捨てるべきです」

白熱してきて、たまの通行人の視線が痛かった。

だけどそんなことよりも、ここは絶対にひけないと思った。

折れたら卒業まで、ずっとゴミ当番だ。放送室はいちばん上の階にあるから、ゴミ捨て場までも遠いのだ。

「……ていうか、なんの話をしてるんですか」

「それはこっちが聞きたいよ」

「始めたのはあなたでしょう」

「西條だよ」

始まりは、もう思い出せない。というか、どこを始まりにするのか。

でも、そんなことは問題じゃない。

もっと大事な、ふたりの未来の話をしていたはずだ。

「……くだらねぇです」

西條は呆れたようにため息をついた。

うんざりしたようにベンチに座り込み、目を閉じる。

そして何度か深呼吸をして、ゆっくり目を開いた。

「……ふふっ」

笑った。

いつもの不健全な笑いじゃない。

至極自然な、つきものが落ちたような、小さいけれど晴れやかな笑み。

それを見ておれも、なんだかすっきりした気分になった。

「西條？」

「不思議ですね」

西條は嬉《うれ》しそうだった。

「こんなくだらない、低レベルの言い争い、初めてです」

「おれとは、割としてない？」

「ですから」

西條は、おれを見上げた。

「あなただけですよ、こんなの」

少し考えて、そうかもしれないと思った。

西條は周りを見下しているから、言い合いにすらならない。ハナから相手にすることはほとんどないし、あったとしても、それは相手を傷つけ、嫌《いや》な気持ちにさせることが目的の、向かう場所のない言葉の応酬《おうしゅう》だ。

だけどおれたちは、本音をぶつけあう。理解して欲しいから、ケンカをするのだ。西條は意味のない罵《のの》り文句を言うこともあるけど、本気で言ったりはしていない。おれだってそれを分かっている。

「そうだね。他には、いないね」

おれたちにとって、言えないことが多すぎる世界のなかで、すべてを話せるかけがえのない存在。

許容し、理解してくれる、パートナーだ。

「あの、西條。やっぱり、おれたち」

「…………」

「西條」

「……分かってます。本当は、私たちは一緒《いっしょ》にいるべきです」

小さく呟《つぶや》いた。

ようやく、西條は本当の気持ちを話してくれた。

だけど、声は暗く、沈《しず》んでいる。

一緒にいたいと思いながらも、一緒にいることができないと、分かっているから。

「どうしたら、いいですか？」

懇願《こんがん》だった。

ワンピースの裾《すそ》を握《にぎ》りしめ、縋《すが》るようにおれを見る。

少し、泣いているようにも見える。まさかあの西條がなんて思ったけど、西條だって同じ歳《とし》の女の子だ。ちょっとばかし込み入った人生を送ってきたかもしれないが、歩いてきた道の長さはおれと変わらない。

「西條、疲《つか》れてる？」

「多少は」

「いいよ」

「いい、とは？」

「おれに、任せて」

自分は、割とお節介《せっかい》なほうだと思う。

誰《だれ》かの力になるのに見返りを求めたりはしないし、その結果良くないことになっても、あまり拘泥《こうでい》しない。むしろ仕方ないかとあっさりと諦《あきら》めて、また次のお節介を焼く。

そして、それは優しいからじゃない。興味がないからだ。

「なんとか、なる」

だけどこのひとのためなら、いや、このひととなら一緒に地獄《じごく》を見てもいいと思った。

決して良くない結果にはしたくない。

「ずいぶんと他力本願な言い方ですね」

「他力本願だからね。うまくいくかは、分からない」

「どういう意味です？」

おれはにっこりと笑うだけに留《とど》める。

西條もそれ以上、追求してこなかった。

「なんとかって、あなただって野田小夜や宮村花恋を切れないでしょう。私の母だって、
私やあなたが何を言ったって、認識を改めません。……気持ちは嬉しいですが、やっぱり
楽園追放計画は、もう」

その通りだと思う。

もう、いまのかたちで計画を進めるのは無理だ。それは認めよう。

でも、諦めきれないのも事実。

だったら……。

「逃《に》げることもできず、戦う勇気もない。道はひとつだ」

「何をする気ですか？」

「西條」

「なんですか？」

覚悟《かくご》を決めて、その言葉を口にした。

「一緒に、地獄に堕《お》ちて欲しい」

西條は目を細め、髪《かみ》をかき上げ、おれを見た。

何を言っているんだ、という表情だった。

「いまのこの世界だって、おれたちにとっては地獄みたいなものだよ。変わらないなら、おれは西條と一緒に堕ちる地獄を選びたい」

一歩、踏《ふ》み出し、西條に手を差し出す。

そして、ハッキリ言った。

「ふたりなら、きっと怖《こわ》くないから」

考えていることがある。

いま自分たちにとれる手段をフルに活用し、うてる最善の手。

ただ、最善というだけで満点の方法ではない。

犠牲《ぎせい》はある。

花を咲《さ》かせるために、大地から養分を奪《うば》うように。

おれたちの幸福も、誰かから吸い取ることでしか成立しない。

「それは、愛の告白ですか？」

「うん。おれたち流の」

「……へっ。安っぽい台詞《せりふ》ですね」

そう言いながらも、西條はおれの手をとった。

「その地獄とやらを聞かせろです。ま、あなたの考えですから、ぬるま湯ぐらいのちょうどいい湯加減なんだと思いますが」

「どうかな？　じゃりパンみたいに、甘《あま》くはないと思うよ。多分、最低で最悪の方法」

強く、手を握る。

もう二度と、この手を放したくないと思う。

世界がおれたちを否定しても、おれたちは絶対に互《たが》いを否定しないから。


おれはいつものように自転車で登校し、授業を受けた。

教室では変わらず、おれは浮《う》いていた。読書が捗《はかど》る……と思ったが、三好がしつこく話しかけてくるので、そうでもなかった。安丸とは、やはりひと言も話していない。

部活動もいつもと同じだった。ただ、宮村さんと山口さんには、今日は部室に来て欲しいというお願いをした。

でもおれは事前に話していた通り、少しだけ早く練習を切り上げた。

「失礼します」

来客があった。

前もって声をかけていた、姉だった。

「いらっしゃい。座ってよ」

イスを勧《すす》める。姉は山口さんと宮村さんが座っている隣《となり》に、腰《こし》を下ろした。

「ねぇ野田くん。西條さんは？」

「もうすぐ来ると思う」

時計を見る。約束の時間は近かった。

「理々ちゃん、体調はいいわけ？」

「うん、とても。……というか、本当は身体《からだ》を壊《こわ》してるわけじゃないから」

「えっ？」

「心の問題なんだよ」

できるだけ、哀《かな》しそうに言った。

三人が少し驚《おどろ》いたように見えたので、割とうまく演技できたのだと思った。

「待たせたです」

それからほどなくして、西條が到着《とうちゃく》した。

おれ以外は、約一ヶ月ぶりの再会。

でも山口さん含《ふく》め、空気を読んでか、露骨《ろこつ》に再会を喜んだりはしなかった。

「西條はここに座って」

三人の対面の席を勧める。そして最後に、おれが西條の隣に収まった。

「……じゃあ、話すよ。西條も、いい？」

「好きにしろです」

「分かった」

改めて、姉、宮村さん、山口さんに向き直った。

「約束通り、話すね。おれと西條の、逃走劇《とうそう》の真相を」

もう、後戻《あともど》りはできない。

あとは一緒に堕ちていくだけだ。

「まず。おれは西條とは付き合っていない」

最初に、宣言するように言った。

本来、いちばん丸く収まるのは、付き合っていることにして裏で西條と不健全な関係を続けること。だけどそれは選択《せんたく》しなかった。おれを好きだと言ってくれる宮村さんに対して、不誠実だと思ったからだ。

逆に言えば、その程度の理由しかなかった。

後悔《こうかい》している。

初めからそういうことにしておけば、ここまで拗《こじ》れなかった。

だけど、もう遅《おそ》い。いまとなっては、西條の母親が絶対に許さない。

(ここが問題なんだよな……)

母親は、身体の弱い西條を連れ回し、傷つけたことでおれを怖がっている。

ふたりの逃亡《とうぼう》にどんな理由をつけても、その事実は変わらない。つまり、西條の母親はおれのことを絶対に認めない。

だから、ふたりは付き合えない。少なくとも、表向きは。

西條が母親を追放できない以上、仕方のない条件だった。

「野田っち」

「何？」

「たぶん、ここにいる三人、みんな思ってることだと思うけど……それ、信用できないって」

　山口さんが、申し訳なさそうに言った。

「そうね。ふたりは付き合ってないとは、ずっと聞いてた。もちろんみんなが言うように、シンが西條さんを誘拐《ゆうかい》しただなんて思ってないけど、何もないとも思ってないよ」

　もちろん、そんなことは分かっていた。

　だけど、逆に言えば、何か説得力のある理由を用意してあげれば、納得するということ。

　もちろん、おれと西條の本当の関係ではなく、もっともらしい、嘘《うそ》を。

「付き合ってないよ。だって……」

　深呼吸をする。

　この言葉を口にしたら、本当にもう、戻れない。

　目の前にもがけばもがくほど堕ちていく、蟻地獄《ありじごく》のような穴が、ぽっかりと口をあけて待っているような気持ちだった。

　いまから、そこに飛び込む。

　だけど、ひとりではない。だから、怖くない。

おれは机の下で、みんなに見つからないように、西條の手を強く握《にぎ》った。

「おれ、宮村さんと付き合ってるんだ」

空気が、凍《こお》った。

姉と山口さんが目を見開き、おれを見る。

だけど、何も言わない。動かなかった。

「あんた、何言って……」

姉と山口さんは、ふたりの間に座っている宮村さんを同時に見る。

宮村さんは表情を変えず、ただじっと座っていた。

「……実は、そう、なの」

ふたりは、同時に驚愕《きょうがく》の叫《さけ》び声をあげた。

「嘘!? 野田っちと、花恋が!?」

「どうして……? だってシンは西條さんと……えっ、本当に付き合ってないの!?」

宮村さんは、それ以上は何も言わない。

ただ目を伏《ふ》せて、じっとしていた。

「ごめん。おれ、恥《は》ずかしくてなかなか言い出せなかったんだ」

「言い出せなかったって、あんた……」

「だから、西條とは付き合ってない」

「まあ、二股《ふたまた》なんかしたら、西條さんはシンのこと、絶対に許さなそうだし……」

「野田っち。じゃあ理々ちゃんと逃げたのは、なんで？」

山口さんが厳しい口調で言った。

「それは……」

西條は何も言わず、黙《だま》って座っていた。

「……話すよ。西條からも許可はもらってる」

おれは机の下で、西條の手をさらに強く握りしめた。

「西條も、おれのことが好きなんだ」

できるだけ、哀しい顔をして言った。

「どういうこと？」

「西條に告白されたとき、おれはもう宮村さんと付き合ってた。だから、断ったんだ。だけど、それじゃ西條は納得しなかった」

山口さんと姉が、西條を見た。

「…………」

西條は何も答えなかった。

でも、否定もしなかった。

ふたりには、それで十分だった。

「ちょっと、取り乱しちゃってね。暴れるし叫ぶし、お前は私のものだから、宮村さんなんかには絶対に渡《わた》さないって。……手がつけられなかったよ」

「だから、連れ出したの？」

「そう。先生たちに相談しようとも思ったけど、これ以上西條が問題になるのは避《さ》けたかった。でも、学校のなかにいたら見つかっちゃうし、ひとまずふたりきりで話そうって、おれが連れ出した。そしたら、今度は西條が、絶対に帰らないって言い出して……」

山口さんは神妙《しんみょう》な顔をして聞いていた。感情は読めない。

姉は驚きながらも、なんとなく納得してるようだった。

「もし私を見捨てて帰ろうものなら、海に飛び込んでやろうと思っていました」

真顔でむすっとして言った。

「西條さんは、その……いいの？」

「何がです？」

「もちろん、シンのこと。それだけ取り乱したんだったら……」

「……もう、興味ねぇです」

強がっているにしても、西條としてはこれまた自然な態度だと思った。

「そうなんだ……」

ふたりはそれ以上、何も言わなかった。

姉は納得したようで、気まずそうに座っている。

山口さんは……分からなかった。

「ということは、花恋、あのときも……」

「あのとき？」

「……なんでもない」

信じているのか、まだ少し疑っているのか。ちょっと怒《おこ》っているように見える。おれたちと目を合わせようとせず、虚空《こくう》を見つめていた。

宮村さんだけは、ずっと押《お》し黙って下を向いているだけだったけど。

「ごめん、シン。お姉ちゃん、そんな事情があるとは知らずに。西條さんのこと、庇《かば》って黙ってたんだね」

「言わなかったのはおれだから。仕方ないよ」

「西條さんも、その……」

「なんですか？」

姉は言いづらそうに、でも心底相手を労《いたわ》るような優しい声で言った。

「これからも、シンと仲良くして欲しいな。姉としての、勝手なお願いだけど……」

黙って姉を見る西條。

たっぷり沈黙《ちんもく》してから、ゆっくり口を開いた。

「……当然です」

姉は、ようやく破顔した。

「良かった。その言葉が聞けて、本当に良かった」

瞳《ひとみ》を潤《うる》ませ、絞《しぼ》り出《だ》すように言う姉。

そして小さく嗚咽《おえつ》を漏《も》らし始め、あふれるものを指でぬぐった。

「…………」

それを見て、おれの胸は踏《ふ》みにじられたように、強く痛んだ。

「野田くん」

不意に、宮村さんに呼ばれる。

おれは身体《からだ》を緊張《きんちょう》させ、だけどなんでもないような顔をした。

「どうしたの？」

「あのね……」

言葉を詰《つ》まらせ、顔を伏せる宮村さん。

ちょっと考え込むようにして……すぐに顔をあげた。

「なんでもないよ」

それはまるで、恋人《こいびと》だけに向けるような、特別な笑みだった。

「そう」

おれたちは、楽園追放計画のために、最低限の贄《にえ》として宮村さんを差し出した。

西條の母親も、姉も追放できなかったから、宮村さんを切った。

なんでもするという宮村さんの言葉に甘え、彼女のもっている他人からの信頼《しんらい》を利用した。

嘘をつかない彼女が付き合っていると言えば、それは誠になる。

おれは、宮村さんを仮面恋人にした。


日常が戻ってきた。嘘と偽《いつわ》りに守られた、見せかけの日常が。

誰《だれ》かを追放することも、ふたりの関係も諦《あきら》められなかったおれたちは、嘘をつくことに決めた。あの日、西條と再会した野鳥広場で。

(宮村さん、おれのためならなんでもするって言った。利用して欲しいって。それが、いちばんの幸せだって)

だからそれを、試した。

宮村さんには、事前になんの連絡《れんらく》もしていなかったが、話を合わせてくれた。

本当に彼女がそうしてくれるかは、賭《か》けだった。

教室でのおれの立場も、すっかり回復されていた。

それは西條が登校してきて、クラスメイトの前ですべてぶちまけたからだ。逃亡《とうぼう》の件は、野田進《しん》を好きになった自分のわがままで、野田進は私の名誉《めいよ》を守るために、何も釈明《しゃくめい》しなかったのだと。そもそも、野田進は宮村花恋と付き合っていると。そしてその言葉を、宮村さんが肯定《こうてい》することで、真実となった。

だけれど、おれは一度切れたツイッターのフォローを戻さなかった。なぜなら、今回の件でおれを切ったメンツは、おれを信用していない上辺だけの友人、という判断をしたからだ。だから、計画の進行度として分かりやすいよう、そのままにしておくことにした。

この追放メンバーには、安丸も含《ふく》まれている。

『オコじょ　フォロー：27　フォロワー：27』

六月も終わりに近づいた土曜日、おれは宮村さんを呼び出した。

場所は、野鳥の広場。

池に臨む小さな広場で、一度は宮村さんに告白の返事をしようとした場所であり、西條と楽園追放計画を始めた場所だ。

宮村さんはいつも早めに行動するから、待たせてはいけないと十五分前には着いた。だけど結局、宮村さんがやってきたのは、約束の十分後だった。

おれもそうなのだけど、土曜日だというのに、宮村さんは制服姿だった。

「ごめんなさい、遅《おく》れちゃって」

「大丈夫《だいじょうぶ》。おれもついさっき来たところだから」

「話って何かな?」

「それなんだけど……」

少し、風が出てきた。

あのときは肌寒《はだざむ》かったけど、いまは心地よいくらい。

梅雨もすっかり明けて、雲ひとつなく、気持ちの良い日和だった。

「保留にしてた告白の返事、しようと思って」

宮村さんは、薄《うす》く笑ったまま表情を変えなかった。

「あの、順番、逆になっちゃったんだけど……」

おれたちの周囲の人間には、とっくにふたりは付き合っています宣言をしていて、実際にその認識でいてくれているし、宮村さん自身も肯定している。だけど、きちんと面と向かって話していなかったので、付き合ったことにしているのか、本当に付き合っているのか、明確でなかったのだ。

だからそれは、ハッキリさせておきたかった。

「宮村さん」

「はい」

「もし良ければ、おれと付き合ってください」

おれと西條の利益のため、カモフラージュのために。

あなたのことは嫌《きら》いではないけれど、姉と西條の母親を切るよりは心が痛まないので、あなたがおれを好きな気持ちにつけ込んで、利用させてください。

それと、おれと西條の間にある事情は一切話せないので、何も聞かないでください。

「……お姫様《ひめさま》は、私じゃなかったんだね」

宮村さんは、呟《つぶや》いた。

その言葉は小さくて、風に攫《さら》われそうだったけど、しっかりと届いた。

だけどおれは、聞こえないふりをして、何も言わなかった。

「野田くん……ううん。シンくん」

「うん、宮村さん。……じゃなくて、花恋」

花恋は、小さく笑ったまま、表情を崩《くず》さない。

何も言わず、こちらを見て立っていた。

花恋の後ろには花壇《かだん》があって、温暖な気候のおかげか、すでにひまわりの花が咲《さ》き乱《みだ》れていた。

そして花恋は、そのひまわりたちに紛《まぎ》れるようにして、満面の笑みで、咲いた。

「はい。こちらこそ、よろしくお願いします」

瞬間《しゅんかん》、不思議なことが起こった。

花恋にあれだけ熱烈《ねつれつ》なアピールを受け、肉体的に迫《せま》られ、それでも何も感じなかった。

なのに。

なのになぜか。

おれは、ひまわりのように咲いた花恋の眩《まぶ》しい笑顔に……。

ドキリとした。

胸が、高鳴るのを感じた。

（あ、あれ……？）

西條のときとは違《ちが》う気持ち。だけど同じく、初めての感情。

西條とおれの間にある感情には名前をつけあぐねているけれど、花恋とおれの間にある感情には、分かりやすい名前がついている気がした。

「ねぇ、シンくん」

「あ、な、何？」

「私たち、恋人なんだよね？　だったら、私、これまで以上に、もっとするから」

「何、を？」

「えっちなこと」

恥《は》じらいなく、しっかりと言い切った。

「だから……負けないから」

誰にとは言わなかったが、しっかりと伝わった。

暖かい風が、そよぐ。

すぐそばに、夏の気配を感じた。

エピローグ

「お母さんの、調子はどう？」

平日の朝、授業の開始前。おれは体育館裏で、西條《さいじょう》と会っていた。前に西條と体育を抜《ぬ》け出《だ》したとき、行為《こうい》に及《およ》ぼうとした場所だ。

「落ち着いていますよ。すごく」

言葉通り、西條の声には安堵《あんど》の色が滲《にじ》んでいた。

「母は、凶悪《きょうあく》犯罪者だと思っていたあなたのことも、あなたに脅《おど》されていると思っていた私の言うことも、信じてはくれませんでした。……でも、私の友達だと言う宮村花恋《みやむらかれん》の言うことは、信じてくれましたから」

後日、花恋には西條の家に行ってもらった。

そこで花恋の口から、あの日放送室で姉と山口《やまぐち》さんに打ち明けたことを、話してもらった。シンくんと付き合っているのは自分だ。理々《りり》ちゃんはシンくんにふられた。逃《に》げ出したのはシンくんではなく、理々ちゃんの意志。……そして、自分は理々ちゃんの友達だ、と。

お母さんは喜んだ。何より、ずっとひとりきりだった娘《むすめ》に、友達ができたことに。

お母さんは、そんな娘の大切な友達の言葉を信じた。……一部を除いて。信じなかったのは、逃げ出したのが西條の意志である、ということ。母親のなかで西條はあくまで被害《ひが》者《しゃ》で、おれは悪役。だけど、その悪役の手綱《たづな》を宮村さんが握《にぎ》っているならと、納得してくれた。

「宮村花恋には、悪いことをしました」

「……そうだね」

これだけのことをされて、花恋は何も聞いてこない。……おれも、何も言っていない。

自分が利用されていることは分かっていても、おれと西條の間にあるものは、知らないままでいる。

「ですが」

「うん？」

「私の、勝ちですね」

それは独り言のようだった。

誇《ほこ》るでもなく、自分のなかでの、ただの確認だった。

「花恋と？」

「はい。私の勝ちです。私のほうが、えっちぃです」

「……異論はないよ」

そして、おれはもうひとつ、心に大きな種を抱《かか》えてしまった。

それば、花恋に告白の返事をしたとき、心に生まれた感情。

花恋の笑顔を見て、ドキッとしてしまったことだ。

その、まだ名前も決まっていない種が、どう成長していくのかは分からない。途中《とちゅう》で無様に枯《か》れるかもしれない。でも、いまはたしかに、おれの心のどこかに植わっている。

……それは、よく分かった。

「西條は、えっちだよ」

おれは西條と一緒《いっしょ》に全世界を敵にまわした。なのに、もし花恋を好きになってしまったら、おれは西條をこの世界でひとりぼっちにしてしまう。

このことは、西條には絶対に知られてはいけなかった。

「もう、戻《もど》れないんですね」

「後悔《こうかい》してる?」

「んなわけねぇです。私がそんなタマに見えますか?」

(少しだけ)

「見えないよ」

（西條は優しいから）

「たりめぇです。ここまで来たら、絶対に隠《かく》し通すです」

そう、絶対に。ふたりの関係は余計に露呈《ろてい》してはいけないものになった。特に、西條の母親には。

（だから……だから、もし……）

おれと西條の間にある感情が変わって、恋人《こいびと》になりたいとふたりが願ったなら……。

それは、絶対誰《だれ》にも祝福されないものになる。

今度こそ、すべてを追放して、世界でふたりきりになる以外、方法はない。

「というか、そんなくだらねぇ話をするために、ここにいるわけじゃねぇです」

「そうだね」

「分かってるなら、早くしろです。のろま」

「……うん」

おれはアスファルトの地面で跪《ひざまず》いた。

立てたひざに小石がめり込むが、その痛さすら心地よかった。

「舐《な》めろ。です」

足を突《つ》き出してくる西條。

だけどおれは少し戸惑《とまど》った。

「ど、どこを……？」

西條は、靴《くつ》を履《は》いたままだったから。

「決まってます」

西條は真っ黒いローファーのつま先で、おれのアゴを軽くつついた。

「隅々《すみずみ》まできれいにしろ、です。ほら、甲《こう》のあたりの溝《みぞ》のところが、汚《よご》れが溜《た》まりやすいんです」

西條の足には違いないが、西條の身体《からだ》ではなかった。

靴なんて、最も汚れている部分だ。西條の身体から滲み出た何かであれば許容できるが、もはや、西條とはなんの関係もない。ただのゴムの塊《かたまり》が、誰もが歩く道の上を踏《ふ》みしめて、汚れて、黒ずんでいるだけだ。

「早く」

目の前の靴を見る。入学してから三ヶ月、履き続けたであろうもの。一見してきれいに見えるが、間近で見るとやはりうっすら埃《ほこり》をかぶっており、隅には汚れが溜まっていた。

「…………」

おれはその汚れを、舌先で舐めとった。

「……いいですよ」

舐めても甘くなく、苦いゴムの味しかしない。ざらりとした細かい砂が口のなかに入り、蹂躙《じゅうりん》される感触《かんしょく》。そして、西條の身体にすら触《ふ》れさせてもらえないという、屈辱《くつじょく》。

でも、その屈辱が心地よかった。

惨《みじ》めで、どうしようもなくて、堕《お》ちるところまで堕ちた感覚。

そしてもうひとつ、登校時間が迫《せま》ってきていることが、おれを余計に興奮させた。

「見つかったら……本当にマズイって」

「んなこと、分かってるです」

たったいま、絶対に見つかるまいと誓《ちか》ったはずなのに。

誓ったからこそ、禁忌《きんき》の味は濃《こ》くなり、甘《あま》みを増す。

絶望と隣《とな》り合《あ》わせのスリル、恐怖《きょうふ》が濃縮《のうしゅく》され、脳を直接ぶん殴《なぐ》った。

気付けばおれは、西條の靴にさえ、甘みを感じていた。

まるで、熟成されたヨーグルトに、たっぷり砂糖を含《ふく》ませたような濃厚《のうこう》な味わい。

一度はまれば抜け出せない、クセになる味だった。

「もっと……もっと舐めろです」

「でも、時間が……」

「舐めろと言ってるです」

西條は乱暴に、おれの顔を踏みつけた。もちろん、靴の裏で。

靴のなかでも、汚れと直《じか》にふれあう場所。

鼻を潰《つぶ》され、視界を覆《おお》われ、唇《くちびる》に押しつけられた。

「さあ、そこもきれいに舐めとってくださいね」

真っ黒な視界の端《はし》に、少しだけ西條が見えた。

嬉《うれ》しそうに、楽しそうにおれを見下している。

スカートのなかからは白い下着が覗《のぞ》いている。

そして西條が、おれが下着を見ていることに気付くと、いっそうニヤリと笑って、スカートを自ら持ち上げた。

「興奮してるんですか?」

「うん……」

「うんじゃねぇだろ」

「はい」

「気持ち悪い。……死ねよ」

頭が真っ白になった。
西條の罵倒《ばとう》が。
西條のゴミを見るような目が。
西條の靴の裏が。
気持ち良くて。
我慢《がまん》できず、おれは舌を出して、靴の裏を舐めた。
「好きだよ、西條」
そう言った瞬間《しゅんかん》、靴底で覆われた視界が、真っ白に染まった。
白い世界は、やがてキラキラと光で輝《かがや》き始め——。

おれはその景色を、世界を、美しいと感じた。

あとがき

犯人は宮村《みやむら》さんです。

凶器《きょうき》はたぬきの置物で、動機は保険金が欲しかったから。

実は宮村さんはギャンブル依存症《いそんしょう》で、多額の借金を抱《かか》えていたんですね。まさか特技のスロットの目押しが、事件解決の手がかりになっていくとは……。

あとがきから読む方がいるので、ネタバレをしてみました。


はじめまして、長友一馬《ながともかずま》と申します。ネタバレは嘘《うそ》です。

普段《ふだん》はシナリオライターとして活動しておりまして、その合間に書いた本作で、審査員《しんさ》特別賞をいただきました。光栄です。


以下、本作について。ネタバレはありません。

青春モノです。えっちなお話です。「へい！　おっぱいお待ち！（ドーン）」じゃなく「こちら、御《お》おっぱいでございます……（そっ出し）」みたいな感じです。

一言で言えば、ろまんちっくなものを書きたかったです。嫌《いや》なことからは逃《に》げてもいい、嘘をついてもいい。追《お》い詰《つ》められて、世界が自分を否定しても、ヒロインだけは側《そば》にいてくれる。この作品は、堕落《だらく》していくほどに深くつながっていくお話です。

幸福なお話だと信じて書きました。長友の青春の情動を書き留めて、一冊にまとめた結果です。いかにこじらせた高校生活を送ってきたかが分かります。青春の最中のひとには、いまという時間の大切さを再認識するものに、青春が過ぎ去ってしまったひとには、ノスタルジックで、あの日に帰りたくなるものになっているといいなと思います。

最後になりましたが、この場を借りて謝辞を。

作家の新井輝《あらいてる》先生。物語というものに関して、文章のことに関して、たくさん教えていただきました。それが長友の血となり肉となり、この作品ができたのだと思います。

審査員の皆様方《みなさま》。審査員特別賞に選んでいただいたおかげで、西條《さいじょう》さんたちを世に送り出すことができました。変態賞だと思って、誇《ほこ》りにしていきます。

いけや先生。素敵なイラストを添《そ》えていただきました。西條さん、最高すぎないですか？　本編がイラストに恥《は》じない内容になっていることを祈《いの》るばかりです。

担当のAさん。設定を足したり、シーンを追加したりして、グッとよくなったのを実感しております。的確に痛いところを突《つ》かれて「ぐぬぬ……」となることもありました。弊社《へいしゃ》スタッフ。仕事の原稿《げんこう》をしつつ小説を書くという暴挙を快くOKしてくれ、サポートしてくれたHさん、Mさん、Nさん、スタッフのみんな。

それから、好きな仕事を好きなようにやらせてくれている両親家族。ダメダメな長友をいつも許してくれるMさん、Hくん。

そして何より、読者のみなさま。決して安くはないお金と、決して短くはない時間を頂《ちょう》戴《だい》しました。読んでいただけるというのは、本当に幸せなことです。引《ひ》き換《か》えに、登場人物、ストーリー、文章、イラスト、何か心に刺《さ》さるものがありましたら幸いです。

みなさまのおかげで、というのは常套句《じょうとうく》ではありますが、本当にそうなのだと実感しております。ここに挙げた方、誰《だれ》かひとり欠けても、この本が出ていたか分かりません。みなに助けられ、ここまで来られました。

できればこれからも、西條さんと進《しん》くんのお話を書いていきたいです。

またお会いできることを願っております。

長友一馬

お便りはこちらまで

〒一〇二—八〇七八
ファンタジア文庫編集部気付
長友一馬（様）宛
いけや（様）宛

富士見ファンタジア文庫

青春失格男《せいしゅんしっかくおとこ》と、ビタースイートキャット。

平成30年5月20日　初版発行

著者――長友一馬《ながともかずま》

発行者――三坂泰二

発　行――株式会社KADOKAWA
〒102-8177
東京都千代田区富士見2-13-3
0570-002-301（ナビダイヤル）

印刷所――暁印刷

製本所――BBC

※定価はカバーに表示してあります。
KADOKAWA　カスタマーサポート
［電話］0570-002-301（土日祝日を除く11時～17時）
［WEB］https://www.kadokawa.co.jp/（「お問い合わせ」へお進みください）
※製造不良品につきましては上記窓口にて承ります。
※記述・収録内容を超えるご質問にはお答えできない場合があります。
※サポートは日本国内に限らせていただきます。

ISBN978-4-04-072803-2 C0193

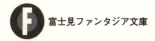

ズ!
s
みない?」
「じらせゲーマーたちによる
すれ違い錯綜青春ラブコメ!
ファンタジア文庫

第32回
切り拓け！キミだけの王道
ファンタジア大賞
原稿募集中！
あなたの小説でドキドキさせてね？
……………
〈大賞〉
300万円
〈金賞〉50万円
〈銀賞〉30万円
〈前期〉
締め切り
2018年
8月末日
選考委員
葵せきな「ゲーマーズ！」
×
石踏一榮「ハイスクールD×D」
×
橘公司「デート・ア・ライブ」
×
ファンタジア文庫編集長
応募の詳細は大賞WEBサイトにて！
https://www.fantasiataisho.com/
イラスト：みやま零